A Jean Ducloux avec mon amitié.

Au jugement dernier
On ne pèsera que les larmes.

CIORAN

Septembre 1944

1

Les gros volets de bois dont la peinture verte s'écaille sont fermés. Derrière, Ferdinand Bringuet a placé un escabeau double dont il se sert au jardin pour tailler ses arbres et cueillir les fruits. Il se tient dessus, l'œil collé au petit trou en forme de cœur qu'il dégage en soulevant le papier noir qu'il a cloué là pour répondre aux exigences de la loi sur la défense passive.

Sa femme, Maria, se tient en bas cramponnée des deux mains aux montants. Elle demande pour la cinquième fois au moins :

— Es-tu certain qu'ils ne peuvent pas te voir ?

— Bien entendu. Je suis dans l'ombre. Ils sont dans la lumière.

La Retraite aux flambeaux

— La lumière, avec ce qu'il tombe...
— Justement, ils ne lèvent même pas le nez.
— Il en passe toujours autant ?
— Toujours.
— Descends donc, va ! Tu finiras par tomber et te casser les reins.

Ferdinand descend lentement. Sous son poids, les marches craquent.

— Ils tireraient dans les volets, on serait tués, dit Maria.
— C'est certain. Mais pourquoi veux-tu qu'ils tirent dans nos fenêtres ? Ils ne pensent qu'à foutre le camp le plus vite possible. Il y a des gens dans les rues ou dans les jardins, ils ne les regardent même pas. Des fois, c'est en se cachant qu'on risque le plus. Je viens de voir l'Éléonore qui allait puiser de l'eau comme si de rien n'était.
— Viens, on sera aussi bien derrière.

Il la suit dans la pénombre de la petite salle à manger jusqu'à la cuisine dont la porte-fenêtre donne sur le jardin. D'ici, on entend encore le roulement des véhicules de toutes sortes qui passent dans la rue, mais légèrement atténué.

– Assieds-toi donc un peu, dit Maria.

Ferdinand tire une chaise paillée de dessous la table et s'assied en disant :

– Donne-moi un verre d'eau avec un cachet.

– Tu as mal à la tête ?

– Un peu, oui.

– Tu devrais t'allonger.

– Bien sûr que non !

– Tu as tort, ça te ferait du bien. Si tu t'endors, je te réveillerai pour manger.

– Non !

– Il me reste deux œufs frais, je peux te les faire au plat. Tu aimes bien et c'est pas lourd.

– Non.

Ferdinand Bringuet est un homme de soixante et onze ans qui est loin de paraître son âge. Il doit mesurer pas loin d'un mètre quatre-vingt-dix et peser un bon quintal. Des épaules lourdes et tombantes avec un cou qui s'élargit dès la base du crâne. Presque pas de ventre, des bras énormes emmanchés de poignes épaisses et larges, aux doigts spatulés dont les ongles déformés sont striés de brun. Il porte un pantalon de coutil bleu rapiécé aux fesses et aux genoux. Un maillot de corps bleu plus foncé dégage ses épaules et laisse déborder la toison grise de sa poitrine. Son gros visage semble sculpté dans la brique. Il n'a pas dû se raser depuis deux ou trois jours car sa barbe luit comme un semis d'argent. Son front bas, très creusé de rides profondes, est comme écrasé par une casquette à visière de cuir.

Il se tient accoudé à la table rectangulaire recouverte d'une toile cirée dont les carreaux qui ont dû être rouges et blancs sont à présent bruns et jaunes. Ils sont presque complètement effacés là où se tient Ferdinand et en face de lui.

Maria est une petite femme ni grosse ni maigre, avec un visage de pomme flétrie, et des cheveux bruns où se comptent les fils blancs. Elle a soixante-quatre ans. Ses yeux gris ont l'air pleins de jeunesse. Elle donne à son mari un comprimé dans un demi-verre d'eau.

— Remue bien pour le faire fondre.

— J'aurais mieux aimé l'avaler même cassé en deux ou trois.

— Non. Je t'ai déjà dit que ça fait des trous dans l'estomac.

Il a un geste de la main en direction de la route.

— Si jamais y se mettent à canarder, y nous en feront pas que dans l'estomac, des trous !

— Tout de même, ça fait plaisir de les voir foutre le camp comme ça.

— Quand le dernier sera parti, on pourra respirer. Pas avant !

Il fait fondre son comprimé, boit d'un seul trait, grimace et tend son verre où elle verse de l'eau. A mi-hauteur, il l'arrête.

— Mets-moi un peu de vin. Ça me rincera la gorge. J'ai jamais pu encaisser le goût de l'aspirine. J'suis pourtant pas difficile.

Elle va chercher le litre dans un petit meuble de coin où sont d'autres bouteilles. Elle verse du vin rouge dans l'eau. Au moment où il porte le verre à ses lèvres, on cogne à la porte. Il suspend son geste. Les coups redoublent et sont plus violents.

— C'en est un. Ça cogne à coups de bottes !

Maria joint ses mains et murmure :

— Seigneur ! C'était trop beau... Protégez-nous.

On cogne et on crie avec un fort accent :

— Oufrez ! Oufrez ! Che casse la borde !

— Merde ! Faut y aller. Y vont tout démolir.

— N'y va pas.

— Ils entreront. Et s'ils nous trouvent, ce sera bien pire. Reste là, toi. Ne t'en mêle pas.

Il se lève et passe dans le petit couloir qui mène à la porte d'entrée. Il y fait presque nuit. Comme on cogne de plus belle, il crie très fort :

— Voilà ! On arrive ! On n'a plus vingt ans !

Il ouvre la porte de chêne. Un sous-officier allemand en uniforme noir de la SS est là. Il porte un sac presque aussi gros que lui. Il a un visage d'enfant très maigre, la taille et la corpulence d'un gamin de quinze ans. Il aboie :

— Karache ! Karache !

— Garage ? Je suis pas garagiste, moi. Le garage il est sur la route à gauche à... Vous continuez jusqu'à la sortie du village. Vous allez voir les pompes à essence... Doivent être à sec.

Comme Ferdinand s'avance pour lui montrer le chemin, le soldat lève la main pour le repousser.

— Non. Pas karachiste... Ta foiture.

— Ah, j'ai pas d'auto, moi. Pas de moto non plus. Pas de garage, vous voyez bien.

Il montre le jardin des deux côtés de la maison et les deux petits carrés qui le séparent de la route où le défilé continue. L'autre désigne l'escalier qui se trouve sous le perron.

— Cafe. Picyclette !

— Non. J'en ai pas non plus.

— Fous mentez. Tous les Français ont une picyclette.

— Elle est foutue, la mienne.

— Venez.

— Où ?
— La cafe. La...

Il fait le geste d'introduire une clef dans une serrure et de tourner.

Avec un soupir à la mesure de sa poitrine, Ferdinand se retourne en grognant entre ses dents :

— La vache, il a déjà essayé d'ouvrir.

Derrière lui, la voix de petit coq enragé glousse :

— Qu'est-ce que fous tites ?
— Je vais chercher la clef.
— Fite. Fite. Fite !

Maria qui se tient en retrait dans l'ombre murmure :

— Fais attention. Donne-lui la clef.
— Tu parles, tiens. Pourquoi pas mon porte-monnaie ?

Il va à la cuisine, sort la grosse clef du tiroir de la table et revient. L'Allemand s'efface contre la main courante.

— Vous defant.

Ferdinand grogne :

— T'as confiance, toi !

La Retraite aux flambeaux

Ferdinand descend et ouvre la porte qui grince. Après la porte, il y a encore quatre marches. La cave est dans une demi-obscurité. Le ciel très bas laisse à peine couler une lumière grise. Ferdinand grogne.

– J'ai même pas vu qu'y pleut plus.
– *Was ?*
– Quoi ?
– Qu'est-ce que fous tites ?
– Y pleut plus. Vous avez de la chance.
– *Ya !*... Lumière.
– Pas de lumière ici, mon vieux.
– Quoi fieu ?
– Je dis : pas de lumière ici.

L'Allemand fait trois pas en avant et craque une allumette. Il s'approche du vélo de Ferdinand qui dit :

– Vous voyez. Pas plus de motocyclette que de jambon à la roulante !
– *Was ?*
– Je dis qu'il n'y a pas de moto.

L'Allemand se met à rire.

– Picyclette. Très cholie picyclette... Prenez, portez dehors.

— Elle est crevée, vous voyez bien.
— Qu'est-ce que fous dites ?

Il craque une autre allumette. Ferdinand se baisse et appuie du pouce sur un pneu dégonflé.

— Foutu. Crevé. On peut plus rouler. Ça fait des années qu'elle a pas servi.

— Non, non. Pas crefée. Pas foutue. Seulement...

Il cherche le mot. Jette son allumette et en allume une autre en disant :

— Tonnez tout de suite pour... Allez ! fite ! cherchez...

— Je comprends pas.

— Allez. Fite, fite !

Sa voix se durcit. Comme Ferdinand hésite, l'Allemand porte la main à l'étui de son pistolet.

— Fite ! Fite !

Et il fait le geste de pomper en montrant la roue du vélo.

— Ah, vous voulez la pompe ! Fallait le dire.

Ferdinand prend la pompe qui se trouve sur deux clous plantés dans une poutre sou-

tenant un rayonnage où sont des bocaux et toute une série de vieilles boîtes à biscuits. Il la tend à l'Allemand qui dit :
— Non ! Vous pompez !
— Que je gonfle ? Ah non, faut pas pousser.
Il porte sa main à ses reins et ajoute :
— Peux pas. J'ai mal au dos... moi vieux... malade... Foutu !
— Fous mentez ! Pas fieu !
— Malade. Foutu. Soixante et onze ans !
— Alors fous lumière.
— Tenir les allumettes ?
— *Ya*.
— Ça... ça, je peux faire.

Ferdinand craque une allumette tandis que l'Allemand pose son grand sac contre un tonneau et soulève le vélo par le guidon. Il fait tourner la roue. Dehors, le bruit du convoi se modifie : la pluie s'est remise à tomber. Ferdinand regarde le soldat qui, un genou à terre, actionne très vite la pompe qui couine.
— Faut pas me prendre mon vélo !

L'autre ne l'écoute pas. Il tâte le pneu et commence de dévisser le raccord de pompe pour passer à la roue arrière. La voix de Ferdinand tremble.

— Mon vélo, j'en ai besoin. J'suis pas riche... me suis privé pour l'acheter, moi, ce vélo... J'ai travaillé toute ma vie... A quatorze ans j'étais au turbin, moi ! Si tu me fauches mon vélo, qu'est-ce qu'on va devenir ? Comment on va trouver à manger ? On va crever de faim, nous !

L'autre ne prête aucune attention à ce qu'il dit de sa grosse voix qui tremble et s'enroue.

— Lumière. Fite !

Machinalement, Ferdinand craque une autre allumette et il dit :

— Montez dans un camion, bon Dieu. Il en passe assez. Y aura bien une place pour vous.

— Camion pas loin. Essence finie !... Picyclette mieux.

— Mais j'ai besoin de mon vélo, moi...

Cette fois, la voix de Ferdinand se brise.

Il laisse tomber l'allumette qui n'est plus qu'un point rouge sur le sol. Puis, de toute sa masse, il plonge sur le soldat accroupi qui pousse un hurlement. L'énorme patte de Ferdinand se plaque sur sa bouche. Son autre main tord un bras dont les articulations craquent. Son genou écrase les reins fragiles qui ploient.

Le souffle rauque de Ferdinand est énorme. Presque un rugissement à demi étouffé.

Le SS essaie de se débattre, mais la poigne de Ferdinand et ses cent kilos l'écrasent. Il faiblit. L'ancien cheminot le sent, mais il ne relâche pas son étreinte.

2

Maria a laissé la porte du couloir légèrement entrebâillée. Elle se tient derrière, l'oreille tendue. Le bruit de l'averse qui a repris de plus belle l'empêche d'entendre ce qui se passe à la cave. Elle grimace un peu. Elle ouvre davantage mais la vue de ces troupes qui passent est effrayante. Il y a non seulement des camions de l'armée allemande, mais toutes sortes de véhicules surchargés de matériel et de soldats casqués.

Ces hommes trempés sont dépenaillés. Certains n'ont plus d'armes. On en voit même qui ont chargé leur fourniment sur des charrettes à bras, des brouettes et jusqu'à des voitures d'enfant.

Des chevaux sont attelés à des chars de

paysans. Tombereaux à deux roues, longues charrettes à quatre roues qui font penser à celles des grandes invasions venues d'Asie, lourds fardiers de débardages que les pauvres chevaux ont du mal à traîner. Les coups de cravaches et de triques pleuvent sur les croupes et les dos.

Des automobiles, sans doute en panne d'essence, sont elles aussi tirées par des chevaux. Un soldat tête nue a attaché son sac et son fusil sur l'échine d'une vache qu'il pousse devant lui en lui piquant les cuisses du bout de sa baïonnette.

Entre ses dents serrées, Maria souffle :
– Barbares !
Parmi tous ces militaires, quelques civils. Et même deux femmes à l'avant d'une camionnette conduite par un soldat et qui porte en rouge le nom de l'épicier de Nantua à qui elle a été volée. Maria grogne :
– Poufiasses !
De la cave, vient de monter un cri étouffé. Maria ouvre la porte et se précipite. Jamais encore elle n'a descendu ces escaliers aussi

vite. Dans la pénombre, elle devine des formes qui remuent un peu. Des halètements rauques et la voix de son homme qui geint :

— Maria, vite... Jérôme... Jérôme !
— Ah ! mon Dieu ! Seigneur Jésus !

Maria court sous la pluie qui semble redoubler d'intensité. Des gifles de vent froid la fouettent. Elle patauge dans les flaques de l'allée qui contourne la maison et traverse le jardin pour gagner celui du voisin que clôt une barrière où s'ouvre un petit portillon.

Jérôme devait être derrière ses persiennes. Il ouvre sa porte et sort sur son palier, tête nue sous l'averse.

— Qu'est-ce qu'il y a ?
— Vite ! Vite ! Ferdinand dans la cave... Avec un Allemand...

Elle est à bout de souffle. Jérôme n'en demande pas plus. Il bondit. C'est un petit homme sec et rapide. L'eau gicle sous ses espadrilles. Son crâne dénudé luit un instant sous le déluge.

Il arrive dans la cave et ne voit rien. Ferdinand souffle comme un bœuf qui vient d'atteindre l'extrémité d'un sillon.

— Là ! Là !

— Mais t'es fou !

— Une corde... sur la barre derrière la porte. Vite... Vite... Je tiens plus.

— On y voit rien, bon Dieu !

Maria arrive. Jérôme lui lance :

— Ferme la porte et donne une bougie.

Elle pousse le lourd battant et tâtonne à la recherche d'une bougie. Elle fait tomber une boîte de conserve pleine de clous. Jérôme allume son gros briquet.

— Sur le rayon, halète Ferdinand.

Jérôme se précipite. La bougie est enfin allumée. Ils peuvent voir Ferdinand écarlate, ruisselant de sueur qui écrase de toute sa masse le SS cambré dont il tire la tête en arrière en lui plaquant son énorme main sur la bouche. Du sang coule entre ses doigts. Son autre main tord le bras gauche du soldat derrière son épaule.

— Bon Dieu ! grogne Jérôme. Une connerie...

— Vite... Je tiens plus.

Jérôme prépare un nœud coulant. Il y passe le poignet du SS qui, d'un effort, réussit un instant à dégager sa main qu'il porte tout de suite à son pistolet. Mais Ferdinand le reprend très vite et la main passe dans le nœud.

— L'autre !

Sans lâcher la bouche ni les reins, Ferdinand parvient à tourner légèrement le corps et dégage le bras droit pris dessous. Jérôme l'empoigne et colle l'un contre l'autre les deux poignets qu'il attache solidement tandis que Ferdinand demande :

— Maria, la serpillière. Vite !

— Où ça ?

— Là-bas, sur la deuxième marche.

Maria se précipite et rapporte la serpillière.

— Jérôme, tu vas la tenir prête sur ma main. Quand je la retire, tu pousses et on l'attache. Attention, y va vouloir gueuler. Et il est nerveux.

Jérôme met le tissu mouillé le plus près possible.

— Tu y es ?
— Oui.
— Allez !

Ferdinand retire sa main. L'homme pousse un hurlement rauque tout de suite étouffé. Il essaie de se contorsionner et de tourner la tête de gauche à droite pour échapper au bâillon, mais le genou de l'énorme Ferdinand appuie plus fort et sa main libre réussit à empoigner une oreille du gamin. Il la tient pendant que son ami attache tant bien que mal ce tissu avec lequel il n'est pas aisé de faire des nœuds.

— Faut une ficelle, Maria, vite !

Maria va chercher un bout de ficelle sur la barre qui maintient un des battants de la porte.

— Tiens.

Jérôme renforce le bâillon.

— Serre bien.

— Ne crains rien, ça tiendra.

— Y saigne, constate Maria. Il saigne de la bouche.

— Ses pieds, à présent, dit Jérôme.

La Retraite aux flambeaux

– La corde est assez longue ?
– Oui.

Il pivote un peu sans trop relâcher sa pression. Les jambes se tendent et se replient. Les bottes raclent la terre battue du sol.

– Bon Dieu, grogne Ferdinand, arrête, je vais t'assommer, moi ! T'as compris ?

Mais le SS ne cesse de remuer et Jérôme a bien du mal à passer son nœud coulant à l'une des chevilles. Dès qu'il y parvient, il lève très haut et l'autre jambe s'immobilise. Ils réussissent à lui replier les deux jambes en arrière et à glisser la corde à la fois dans son ceinturon et derrière celle qui tient les poignets. Puis ils le tournent sur le côté. Maria que la vue du sang doit bouleverser répète :

– Il saigne de la bouche.

Ferdinand qui vient de se redresser montre sa main droite.

– C'est pas son sang, c'est le mien. Cette petite ordure m'a mordu.

– Montre ça.

Jérôme approche la bougie.

— La vache, il a enlevé le morceau. Faut te désinfecter. C'est enragé, ces bêtes-là !

Ferdinand porte sa main gauche à ses reins, se plie et se redresse.

— Je tenais plus... Des crampes partout. J'étais tellement tendu que c'est à peine si j'ai senti qu'y me mordait.

— Pourtant, y t'a salement arrangé.

— Bon Dieu, il a des dents comme un brochet de vingt livres, ce petit morveux d'enfant de putain !

— Je vais te panser, dit Maria.

— T'as pas de la gnôle ?

— Si.

Maria se lamente.

— Mon Dieu, qu'est-ce qu'on va foutre ?

— T'aurais pas dû faire ça, dit Jérôme qui regarde l'Allemand dont les yeux lancent des éclairs de haine.

— Sûr que c'est une connerie.

— T'aurais mieux fait de le sonner, la tête contre le mât de tes tonneaux.

— Je pouvais pas, dit Ferdinand. J'pouvais pas.

— Pourtant, de la manière que tu le tenais, avec la force que tu as, c'était facile.

— Non, j'pouvais pas.

Il y a quelque chose, dans la voix du colosse, qui fait penser à la peur d'un enfant.

Il répète :

— J'pouvais pas.

Puis, après un temps où on dirait qu'il cherche son souffle, il ajoute :

— Tout d'abord, je lui tenais la gorge, j'avais qu'à serrer un bon coup... J'ai pas pu... Tu comprends... il... il était trop petit... Un enfant.

Sa voix vient de se briser. Un moment de silence passe. Dehors, c'est toujours le même roulement. Sans rien dire, Jérôme va à la porte, il l'entrouvre, prend la clef, referme et, après avoir donné deux tours, il revient vers eux.

— La pluie tombe moins fort.

Maria dont le regard ne parvient pas à se détacher du visage du prisonnier répète, l'air hébété :

— T'aurais pas dû... t'aurais pas dû...

La Retraite aux flambeaux

Agacé, Ferdinand lance :
— Ah tais-toi !
— Mais qu'est-ce qu'on va devenir, à présent ? se lamente-t-elle. Qu'est-ce qu'on va faire ? Mon Dieu qu'est-ce qu'on va faire ?
— Rien... Rien... Sûr que j'aurais pas dû.
Ils sont là, tous les trois, à regarder ce petit soldat recroquevillé qui tire sur ses liens et leur lance des regards terribles. Ils demeurent immobiles comme s'ils attendaient du ciel une aide que personne sur cette terre ne peut leur accorder.

3

Ils ont cru entendre des pas tout près de la maison. Jérôme est allé coller son oreille à la porte. Comme il ne perçoit rien, il a ouvert juste le temps de jeter un coup d'œil, puis il a refermé en disant :

– Rien... Ça doit être le vent. Y pleut beaucoup moins mais ça s'est mis à souffler plus fort.

– Qu'est-ce qu'on va faire ? se lamente Maria. Jésus-Marie qu'est-ce qu'on va devenir ?

Jérôme regarde encore l'Allemand, s'assure que les liens et le bâillon tiennent bien, puis il demande :

– Enfin, qu'est-ce qui s'est passé ? qu'est-ce qu'il t'a fait ?

La Retraite aux flambeaux

— Rien, murmure Ferdinand qui semble vraiment effondré.

Jérôme a l'air de ne pas comprendre.

— Y t'a tout de même bien fait quelque chose pour que tu l'arranges pareillement ?

— J'sais pas... on était là... y gonflait mon vélo... moi, je l'éclairais avec ses allumettes. Je voyais que c'était foutu. Que mon vélo allait partir et que j'aurais plus rien... Je pensais à ce qu'on s'est privé pour l'acheter. Puis encore, y a pas si longtemps, pour changer les pneus au marché noir, en donnant du beurre en plus du prix. Alors tout ça m'a tourneboulé dans la tête... J'voulais pas tuer ce gamin, mais j'voulais pas qu'il me pique mon vélo... J'sais pas ce qu'y m'a pris... J'ai pas réfléchi. J'ai lâché les allumettes, puis je me suis laissé tomber sur lui... J'l'ai écrasé par terre en lui serrant le cou... son cou qui était si petit dans ma main... Comme le cou d'un gamin, quoi !

Sa voix tremble comme s'il allait se mettre à pleurer.

— Sûr qu'il a pas dû faire ouf, un gringalet

pareil avec plus de cent kilos qui lui arrivent sur le râble !

— Que si ! Y se débattait, le bougre... Il essayait de sortir son arme... J'l'ai senti. Alors, j'ai tordu son bras... J'crois bien que je lui ai cassé quelque chose... Ça a craqué... Y me semble que c'est là qu'il m'a mordu. Après, y bougeait un peu moins.

Jérôme hoche la tête. Il est comme écrasé. Maria, au bord des sanglots, ne sait que répéter :

— Marie, mère de Dieu, qu'est-ce qu'on va devenir ? Qu'est-ce qu'on peut faire avec ça dans notre cave ?

— C'est vrai, dit Jérôme, je me demande ce qu'on va en faire.

Ferdinand s'appuie contre un tonneau. Son visage est devenu très pâle. Il bredouille :

— Tout ça pour un vélo ! Bon Dieu ! Qu'est-ce qu'y m'a pris ? Qu'est-ce que j'ai eu ?

— On est perdus, souffle Maria.

Ferdinand se redresse. Son visage commence à reprendre couleur.

La Retraite aux flambeaux

– Tais-toi ! dit-il d'un ton ferme.

Mais Maria insiste :

– Tout ça pour un vélo qui sert juste à aller à la pêche... Comme si on avait besoin... Avec la rivière à deux pas...

– Tais-toi, lance son mari. En voilà assez !

Jérôme intervient. Sa voix d'habitude voilée et presque enrouée se fait tranchante :

– Vous êtes marteaux tous les deux. C'est pas le moment de vous engueuler. Faut savoir ce qu'on va décider.

– On va foutre le camp par-derrière, dans la forêt, propose Maria.

– Dans la forêt en le laissant ici ! T'es folle, ma pauvre Maria, fait Jérôme. Tu foutrais le camp et tu laisserais les autres se démerder avec ton Fritz. Ce serait une belle saloperie. Tu te rends compte de ce que ce serait pour tout le village !

Cette fois, Maria pleure. Elle se tord les mains et se lamente :

– Si un autre s'amène, on est perdus. Y nous fusilleront.

La Retraite aux flambeaux

– Et tout le village avec. Faut trouver un moyen de s'en débarrasser.

Ferdinand fait un pas en direction du prisonnier et le regarde intensément.

– Bon sang, si j'étais certain qu'il la boucle, je lui donnerais mon vélo et qu'il foute le camp au diable !

Jérôme intervient :

– Tu es cinglé, mon pauvre vieux. Un SS. Il nous ferait fusiller tous les trois... C'est sûr. Et même d'autres gens avec nous.

– Pourtant, y devrait bien comprendre qu'on pourrait le tuer si on voulait.

Jérôme hoche la tête. Plus bas, il dit :

– C'est sûrement ce qu'il faudrait faire.

Ferdinand ne répond pas. Il a l'air effrayé. Il ne parvient pas à détacher son regard de ce gamin recroquevillé à ses pieds et qui pousse des gémissements qu'étouffe son bâillon.

– Si on lui explique... Y comprend le français, tu sais.

– Non. On va pas se lancer dans des discours. Faut agir vite.

La Retraite aux flambeaux

— Mais quoi faire ? demande une fois de plus Maria qui est interrompue par un chapelet d'explosions.

La maison tremble. Le prisonnier se débat un peu plus et Jérôme empoigne le maillet à bondes qu'il lui montre à deux pouces de la tête en grognant :

— Ta gueule ou je te sonne !

Des moteurs d'avion grondent et s'éloignent. Dans la rue, il y a des cris et des bruits de pas précipités.

— Pourvu qu'y viennent pas se mettre à l'abri ici !

D'autres moteurs vrombissent et hurlent. Une mitrailleuse crépite pas très loin puis des bombes explosent et la terre tremble de nouveau. Les avions s'éloignent.

— Le pont, fait Jérôme.

— Sûrement, oui.

— Le pont du chemin de fer. Si c'était l'autre, on aurait entendu encore plus fort.

— Si l'autre saute, observe Maria, on pourra même plus gagner la forêt.

— Reste les barques.

La Retraite aux flambeaux

Jérôme donne le maillet à son ami.
— Si y gueule, tu cognes ! Je vais voir où ça en est.

Il va jusqu'à la porte qu'il ouvre lentement et repousse pour dire :
— Soufflez la bougie. Toi, Maria, viens là. Tu refermes à clef derrière moi. Quand je reviens, je frappe trois fois.
— Va pas prendre de risques, lance Ferdinand d'une curieuse voix.

Il souffle la bougie dès que sa femme est près de la porte. Jérôme se coule dehors. Maria ne referme pas tout de suite. Sans oser sortir, elle essaie de deviner ce qui se passe sur la route, mais d'ici, elle ne peut rien voir et les bruits sont toujours les mêmes.

4

Une fois dehors, Jérôme hésite quelques instants. Le regard au ras de la plus haute marche, il voit le cortège à travers la grille plantée sur une murette et qui porte un long rosier grimpant. C'est toujours à peu près la même chose avec, de temps à autre, le roulement plus sourd d'une pièce d'artillerie tirée par un tracteur à chenilles.

Le jour baisse. Les nuées se touchent presque toutes et la lumière qui coule du ciel a quelque chose de tragique. Le vent ne faiblit pas. Les maisons d'en face ont leurs volets clos. Des reflets de ciel marquent les arêtes des toitures mouillées. La gouttière pleure encore dans le grand baquet de zinc qui déborde, à l'angle de la maison.

La Retraite aux flambeaux

Jérôme hésite à aller chez lui. Il y renonce. Du grenier des Bringuet on doit voir les deux ponts presque aussi bien que du sien. Il prend l'escalier de pierre sans se presser et sans se cacher. Il a l'air tout à fait calme d'un homme qui remonte de sa cave. Une fois la porte du couloir refermée, il cherche à tâtons l'interrupteur, l'actionne en vain.

— Toujours pas de lumière. Je m'en doutais. On n'aura même pas de nouvelles à la radio. On sait plus rien de ce qui nous pend au nez.

Il allume son briquet, repère l'escalier intérieur et éteint avant de se mettre en route. Il redoute de n'avoir bientôt plus d'essence. Il a un petit rire enroué :

— Ils n'en ont plus pour leurs camions, j'en ai plus pour mon briquet... On est dans le même bain !

Il gravit lentement l'escalier étroit dont les marches de vieux bois couinent comme des bêtes écrasées.

Trois fois il s'arrête pour tendre l'oreille.

Il est presque en haut. Un peu de clarté

vient jusqu'aux dernières marches par la porte du grenier restée ouverte. Comme il va atteindre le palier, il sursaute. Le chat de Maria vient de lui filer entre les jambes pour dévaler l'escalier.

— Merde ! Tu m'as foutu la trouille, toi... Pauvre bête, t'étais tranquille ici. Et toi, tu cours moins de risques que nous.

Il avance lentement vers le vasistas.

— Au moins, si t'étais là, je suis certain qu'y a personne d'étranger.

Il se force à rire pour se donner du courage.

Une malle se trouve contre la toiture, dans un angle. Elle se devine aux reflets de ses serrures de cuivre. Jérôme la tire sous le vasistas qui donne du côté où gronde la rue.

Il monte.

Il va être tout juste à hauteur pour lorgner par cette petite ouverture.

Il hésite quelques instants. Avec mille précautions, il empoigne la crémaillère qu'il sort de son crochet. Il soulève doucement. Juste ce qu'il faut pour pouvoir glisser un regard.

La Retraite aux flambeaux

Un grincement de métal qui paraît énorme prouve que personne n'ouvre jamais.

La rue est toujours encombrée, mais il ne passe presque plus de camions. Quelques automobiles, des attelages et surtout des cyclistes et des soldats à pied dont beaucoup ne portent presque rien.

Ce qui provoque l'engorgement, c'est un camion qui doit être en panne, près de l'épicerie. Des hommes ont levé le capot et examinent le moteur avec une torche électrique.

– Ces fumiers-là, ils ont des piles, eux !

Jérôme lève les yeux et regarde par-delà les toitures. Sur la gauche, le Doubs reste lumineux. Son eau ramasse tout ce qui éclaire encore le ciel là-bas, très loin, derrière la masse déjà sombre de la forêt.

Le pont de la route, que Jérôme découvre sur toute sa longueur, est intact. Il est d'ailleurs parfaitement désert. Il n'y a même plus de factionnaire pour en assurer la garde. Nul n'y passe, tout le trafic se fait par la grand-route qui file vers le nord.

Sur la droite, c'est le pont du chemin de

fer. On ne le voit pas dans toute sa longueur à cause de l'église, mais assez pour constater que c'est bien lui que visaient les avions. Les deux arches les plus proches de l'autre rive sont éventrées et la pile qui se trouve entre les deux est presque coupée nette à mi-hauteur. Une curieuse odeur arrive parfois portée par le vent.

Les pierres écroulées forment une amorce de barrage. A l'extrémité de cette digue, l'eau bouillonne et écume.

Jérôme referme le vasistas. Il descend de son perchoir et se dirige vers l'escalier.

A présent, la nuit est presque là. Il cherche la main courante, puis son pied trouve la première marche. Il descend lentement et va jusqu'à la cuisine où traîne un reste de lueur. Il sait où est pendu l'essuie-mains à côté du grand évier de pierre. Il le décroche, le roule serré et le bourre dans la poche arrière de sa veste de chasse.

Il regagne le couloir et, une fois contre la porte, il l'ouvre lentement et regarde à droite et à gauche avant de sortir.

La Retraite aux flambeaux

Dans le cortège, on voit seulement danser le point rouge de quelques cigarettes.

– Les vaches, ils ont encore de quoi fumer ! Sûr que c'est du tabac qu'ils ont dû nous voler. Comme tout le reste... Y a pas à avoir pitié de cette vermine qui nous suce le sang depuis plus de quatre ans !

Jérôme demeure encore un long moment immobile. Il est si souvent venu veiller dans cette maison avec ses amis Bringuet, qu'il lui semble un instant que tout ce défilé va cesser soudain. Ce n'est qu'un mauvais rêve. Il va se retrouver ici avec le grand qui va lui dire bonsoir avant de le regarder descendre l'escalier et tourner l'angle de la maison.

Il lui semble... un instant seulement.

5

MARIA est restée un long moment à écouter le roulement des véhicules, le grognement des moteurs et les bruits de voix. Toujours des appels, des aboiements rauques et des ordres qui claquent à la manière d'un fouet. C'est son homme qui la fait rentrer.

– Tu devrais refermer. On sait jamais.

Elle a fermé à double tour.

– Laisse bien la clef en travers dans la serrure, c'est moins facile pour crocheter.

– Crocheter, tu parles. Ils voudraient entrer, ils se gêneraient pas de te défoncer la porte.

– Faut pouvoir.

Il a craqué une des allumettes de l'Allemand en ajoutant :

La Retraite aux flambeaux

— Viens vers moi.

Elle est venue en longeant les tonneaux gerbés sur la droite. La flamme s'est éteinte avant qu'elle ne soit arrivée mais elle n'a pas besoin de lumière dans ce lieu qu'elle connaît si bien.

Ils se sont touchés comme pour se reconnaître, s'assurer qu'ils sont bien elle et lui. Puis il l'a prise contre sa poitrine. Et à présent, ils sont immobiles dans le noir, avec ce soldat ligoté à leurs pieds, qui continue de grogner comme une bête et de remuer dans ses liens. Ce soldat et son sac pareil à ceux des marins, presque aussi haut et aussi lourd que lui.

Ça fait des années que Ferdinand n'avait pas pris sa femme ainsi dans ses bras. Elle se colle contre lui comme si elle espérait entrer dans son énorme poitrine et se blottir tout près de ce cœur qui bat à son oreille. Se cacher dans cette cage où personne jamais n'oserait venir la chercher pour lui faire du mal.

Maria demeure un moment sans bouger,

La Retraite aux flambeaux

retenant son souffle pour mieux entendre celui de Ferdinand puis, d'une toute petite voix d'enfant, elle dit :

— Tout de même... qu'est-ce qu'on va faire ? Qu'est-ce qu'on va faire de ce... de ce...

Et un gros sanglot monte du fond de son ventre, un sanglot qu'elle a dû retenir longtemps et qui soulève les vannes de son chagrin. Elle pleure doucement, parcourue de frissons. La grosse patte de Ferdinand caresse sa tête et ses épaules. Longtemps ils demeurent en silence, puis, d'une voix basse pareille à un bourdon d'église qu'on frôle à peine, c'est lui qui se met à parler :

— C'est ma faute... je sais bien. J'aurais pas dû... Tout ça pour un vélo... Une saloperie de vélo qui vaut pas trois sous... J'suis un vieux con... mais on va s'en tirer... Tu vas voir... Y vont bientôt avoir fini de passer. Les Américains doivent plus être loin... Y vont arriver et on leur donnera ce petit avorton.

Il parle et sa voix, curieusement, semble mêler un chant monotone et doux pareil à celui des sanglots. Ferdinand ne s'arrête même pas de parler pour cogner du talon contre le prisonnier lorsqu'il le sent trop remuant.

Le temps s'est figé. Cette nuit chargée de rumeurs sourdes va durer l'éternité autour d'eux et du bloc de tendresse douloureuse qu'ils sont devenus.

Soudain, ils sursautent tous les deux. On frappe doucement à la porte. Trois coups bien espacés. Trois petits coups qui rassurent.

6

C'est Ferdinand qui va ouvrir en tâtonnant contre ses tonneaux, puis le mur, puis la porte où sa main cherche un moment la clef.

– J'ai pas l'habitude de fermer ça de l'intérieur.

– Je croyais que t'avais pas entendu, fait Jérôme en entrant.

– Si, mais j'y voyais rien... On se cogne partout.

– T'as pas ton briquet ?

– J'ai presque plus de pierre.

Jérôme frotte son propre briquet. Il va tout de suite vers la bougie qu'il allume en demandant :

– Tu crois que ça se voit pas de dehors ?

— Je pense pas. La porte est doublée. J'espère qu'elle joint bien... Alors ? C'est toujours pareil ?

— Ben ma foi, ça passe moins dans l'ensemble, mais y a des moments où ça reprend plus fort.

— Oui. On entend. Mais les ponts ?

— C'est bien ce qu'on pensait. Le pont du chemin de fer est foutu. Au moins deux arches écroulées. Ils l'ont pas manqué... Mais celui de la route a rien. C'est pas une route importante. Ils le savent sûrement. Y doivent s'en foutre !

Jérôme est revenu jusqu'à l'Allemand qu'il regarde sans mot dire. Maria essuie ses larmes.

— Qu'est-ce qu'on en fout ? demande Jérôme.

Les deux hommes s'interrogent du regard et Jérôme propose :

— En attendant que ça passe moins, on pourrait le planquer derrière tes tonneaux. Et puis, faudrait aller chercher le Joseph Marnier. Il est sûrement chez lui.

— Marnier ? s'étonne Ferdinand, pour quoi faire ?

— Écoute, mon vieux, j'sais que vous vous aimez pas tellement, j'ai réfléchi, je vois que lui qui habite de ce côté de la route et qui soit du conseil... Et puis, y s'occupe du maquis. Il nous dira ce qu'on peut faire.

Il se tourne vers Maria et poursuit :

— Faut que tu ailles le chercher. Nous, on va se charger de planquer ce type et de remettre de l'ordre par ici. Faut que tout soit normal pour le cas où d'autres viendraient.

Maria demeure figée. Le regard vide. Comme si elle était devenue muette.

— Écoute, je peux y aller, seulement c'est pas toi qui vas pouvoir aider ton homme à bouger des tonneaux. Maria, faut que tu comprennes. On a besoin de toi.

Ferdinand s'approche d'elle. Il lui pose la main sur l'épaule et dit doucement :

— Il a raison. Tu peux aller, Maria. A présent, y fait nuit, par les jardins personne peut te voir... Et puis, ils pensent qu'à se débiner. Les jardins, ce qui s'y passe, ils s'en foutent.

Elle fait oui de la tête. Il y a dans ses yeux un immense effroi.

— Et si tu peux trouver une autre bougie, dit Jérôme, celle-là est presque à bout de course.

Elle fait oui de la tête et marche d'un pas d'automate en direction de la porte.

— Attendez pour ouvrir, je camoufle la lumière, dit Jérôme.

Il prend la bougie et se baisse pour la glisser entre deux tonneaux.

— C'est bon !

Ferdinand ouvre et sort le premier. Dès que sa femme est près de lui, il tire la porte. Immobiles un instant ils scrutent la nuit. Le trafic a beaucoup diminué. Il se penche. Tout bas, à son oreille, il souffle :

— Tu peux aller.

Il la retient un instant et ajoute :

— Sois prudente.

Puis, maladroitement, il pose un baiser sur son front moite.

La Retraite aux flambeaux

Maria monte et tourne tout de suite à droite. L'obscurité est presque totale. Ferdinand écoute s'éloigner son pas, puis il rentre très vite et referme la porte à double tour. Une sueur glacée ruisselle sur son visage et sur son dos. Un poids énorme écrase sa poitrine.

7

Aussitôt seule dans cette nuit pleine de dangers, Maria Bringuet se sent perdue. La gorge nouée, elle demeure un moment immobile en haut de l'escalier. Elle fixe la route où le défilé des véhicules et des piétons continue. Il faut qu'elle file le plus vite possible par les jardins jusque chez cet homme qu'elle n'aime pas et dont elle redoute qu'il refuse de lui ouvrir sa porte. D'ailleurs, est-il chez lui ? Il peut très bien être à la mairie, ou dans la forêt avec ses gens du maquis.

Maria essaie de réfléchir quelques instants à ce qu'elle pourrait tenter d'autre. N'y a-t-il pas quelques hommes au village qui seraient susceptibles de venir les aider ? Est-ce qu'il faut vraiment que ce soit quelqu'un du conseil ?

Des visages se mettent à défiler devant ses yeux aux paupières closes. Son bras droit se lève et sa main se plaque contre les pierres rugueuses et mouillées du mur. Un instant, elle éprouve l'impression que sa tête tourne. Le vide est en elle. Elle va tomber là. Elle va s'évanouir et personne n'ira chercher de l'aide. Elle va peut-être mourir. Mourir de frousse.

Maria respire profondément et rouvre les yeux. Ses oreilles bourdonnent tellement qu'elle cesse un moment d'entendre le grondement de la route.

Puis, soudain, tout revient. Sa main repousse le mur. Ce geste lui donne l'élan et elle part le plus vite possible dans l'allée qui contourne la maison. Elle la connaît bien, cette allée, elle l'a empruntée des centaines de fois, de nuit comme de jour. Pourtant, son pied hésite souvent. Elle éprouve l'impression qu'elle risque à chaque pas de tomber dans un trou. Un gouffre sans fond.

La Retraite aux flambeaux

Jamais encore Maria ne s'était sentie si perdue. Cette nuit lui fait peur. Tous les trois pas elle s'arrête pour scruter l'obscurité. Elle éprouve la désagréable impression d'être suivie. Elle s'arrête. Elle se retourne. Les lueurs continuent de passer sur la route. Elle les voit toujours mais en partie cachées par les arbres, les haies et la masse lourde de la maison.

Elle pense aux hommes qui attendent dans la cave et reprend sa route. La première clôture est là. Elle traverse le jardin de Jérôme qu'elle connaît aussi bien que le sien. La maison est close. Pas la moindre lueur.

Passé cette demeure, elle plonge dans un autre univers moins familier. Elle ne réfléchit plus. Sa tête est vide. Un vide habité par des bruits terrifiants.

Et puis, soudain, elle s'immobilise. Sur sa gauche, quelqu'un est caché derrière un gros buis. Elle est clouée sur place.

Maria Bringuet n'est plus une adulte. Elle est redevenue l'enfant qu'elle a été. L'enfant que sa mère envoyait à la fruitière, chercher

La Retraite aux flambeaux

le lait, et que la nuit terrorisait. Elle sait qu'il n'y a personne et, pourtant, elle voit une forme tapie qui la guette. Une forme qui va bondir et la tuer.

8

Dès que la porte a été fermée, Jérôme a retiré le bougeoir de dessous les tonneaux. Ferdinand dit :

– Faut remettre de l'ordre.

– Faudrait déjà le cacher.

– Où ça ?

– On pourrait déplacer les fûts, on le foutrait entre le mur et le mât. Bien malin celui qui le dénicherait là-bas derrière.

Jérôme regarde l'Allemand et remarque :

– On lui a même pas enlevé son pétard.

– Y peut pas remuer.

– C'est tout de même plus sûr.

Il se baisse et constate que l'étui à revolver n'est pas bouclé.

– Dis donc, il avait réussi à l'ouvrir. Tu

peux dire que t'es passé près... Saloperie vivante ! Ça apprend à tuer à l'école maternelle !

— Qu'est-ce que tu veux, y jouait sa peau.
— Nous aussi, on la joue, notre peau !... Et ça fait même un moment que ça dure... Pourtant, on est chez nous... On va pas les emmerder à Berlin.

Il retire de l'étui un pistolet automatique de gros calibre.

— C'est lourd comme tout, ce machin-là !
— Un gamin comme ça ! soupire Ferdinand. Il a l'âge de jouer aux billes.
— Où veux-tu qu'on planque ce truc ?
— Sous le charbon. Y vont pas avoir idée de me piquer mon charbon. Y en a pas lourd. Et qu'est-ce qu'ils en feraient ?

Ils se dirigent tous les deux vers la gauche de la porte. Sur une partie du sol qui a été cimentée, entre le mur et une poutre moins grosse que les mâts supportant la futaille, il y a un petit tas de mauvais anthracite à côté d'une vingtaine de briquettes cassées et d'un peu de poussière. Ferdinand empoigne une

La Retraite aux flambeaux

pelle et l'engage sous l'anthracite qu'il soulève.

— Pas besoin de l'enfouir bien loin, on le donnera à Joseph pour ses maquisards. Faudra fouiller dans son sac, y doit avoir une réserve de cartouches... Et sûrement son poignard. C'est étonnant qu'il ne l'ait pas à son ceinturon.

Il recouvre l'arme et repose la pelle près de la porte. Jérôme qui tient le bougeoir approche la flamme du manche qui est taché de sang.

— Dis donc, ta main, ça pisse rudement.

— C'est rien.

— Tout de même, tu vas en foutre partout.

Jérôme tire le torchon de sa poche de veste.

— Tout à l'heure, j'ai pris ça dans ta cuisine pour te panser, j'avais oublié. T'as bien de la gnôle ?

— Oui, y en a deux litres sous le dernier tonneau.

Jérôme part avec le bougeoir et revient bientôt en tenant un litre. Il pose le bougeoir sur un fût et sort son couteau à tire-bouchon. Plaçant le litre entre ses genoux, il le débouche, porte le goulot sous son nez.

— Sent bon.
— Prune et pomme. Ça a plus de dix ans !
— Du fameux... Donne ta main.

Ferdinand tend sa paume ouverte. L'autre verse une bonne ration.

— Bordel ! Ça brûle.
— C'est rien. Ça réveille. Avec de la vermine pareille, vaut mieux désinfecter, il aurait la vérole que ça serait pas étonnant... montre voir.

Ferdinand approche sa main de la bougie et Jérôme se penche pour mieux examiner la plaie qui saigne encore beaucoup.

— Il a vraiment enlevé le morceau. Je vais te mettre ce torchon. En y foutant de la gnôle, ça le nettoiera. Ça empêchera toujours le sang de couler.
— Non, l'alcool ça fait saigner. J'ai appris ça au chemin de fer. Mais ça fait rien, ça désinfecte.

Jérôme enveloppe tant bien que mal la main de son ami qui serre les dents et grimace. Il est obligé de déchirer le torchon pour pouvoir l'attacher.

– Ça devrait tenir, dit-il.

– Je pense, oui.

Ferdinand tâte sa main.

– Allez, donne, on va remettre un peu d'alcool.

– Tu crois ?

– Sûr !

Il verse à nouveau sur le linge et le colosse secoue sa main en soufflant comme un bœuf.

– Dire que je peux même pas gueuler !

Jérôme lui tend le litre.

– Tiens, bois un coup. Ça te remettra.

Ferdinand repousse la bouteille.

– Non, j'ai pas envie. Vas-y toi, si ça te tente.

Jérôme boit une bonne goulée, souffle fort du fond de la gorge et rebouche le litre en disant :

– Ah ! Ça va mieux. T'as tort de pas en prendre. Ça te requinquerait. C'est du sérieux !

– Tout à l'heure.

Ils reviennent près du prisonnier qui semble plus calme. Peut-être fatigué à force de se débattre et de grogner.

– Faut commencer par enlever ces trois tonneaux-là, pour pouvoir passer. T'as des cales ?

– Là.

Jérôme va chercher deux cales pour que les fûts qu'ils laisseront en place ne risquent pas de rouler. Il en a déjà placé une quand on cogne à la porte trois coups espacés.

– J'y vais, planque la flamme.

Jérôme engage de nouveau le bougeoir entre deux tonneaux tandis que Ferdinand se hâte vers la porte. Il ouvre. Un homme portant une casquette bleue entre devant Maria aussi blême que la bougie éteinte qu'elle tient comme un cierge pour une procession.

9

Joseph Marnier est un homme de trente et quelques années, moyen de taille et de corpulence. Visage rond avec une moustache noire assez fournie et des yeux gris derrière de grosses lunettes à verres épais qui lui font un regard un peu trouble. Dès que la porte est refermée, il se précipite.

– Vous avez fait du propre, tous les deux ! Nous voilà dans un beau pétrin. Merde alors, à vos âges, s'amuser à des conneries pareilles ! C'est un coup à faire fusiller tout le monde et raser tout le pays !

Ferdinand bredouille :

– Je sais bien, mon gars. Je sais, c'est pas de me le répéter qui va... Jérôme y est pour rien...

La Retraite aux flambeaux

Joseph élève encore le ton :
— Bien sûr, vous pouvez pleurnicher. A présent que le mal est fait, ça nous avance à rien.

Jérôme fait deux pas et prend Joseph Marnier par la manche de son blouson marron. D'une voix tranchante, il siffle :
— Écoute, petit, on n'est pas allé te chercher pour que tu viennes nous engueuler. Tu es à ravitailler et à faire des faux papiers à des gars qui passent leur temps à rêver de descendre du Frisé, tu vas pas nous chier une horloge comtoise parce que Ferdinand vient d'en calotter un !

Joseph s'est secoué pour faire lâcher prise à Jérôme. Furieux, il pousse l'Allemand du pied et lance :
— Et alors, qu'est-ce que vous voulez que je foute, moi, dans cette histoire ? Mes gars, quand ils en prennent un, y viennent pas vous chercher ! Vous avez un Fritz dans votre cave, démerdez-vous avec ! J'vais pas l'inviter chez moi. Ce serait pas mieux qu'ici. J'ai

charge d'âmes, moi. Et si ça se trouve, je suis déjà repéré.

Quelques pas en direction de la porte, il hésite et s'arrête lorsque Ferdinand l'appelle :

– Joseph ! Écoute-moi !

Joseph revient lentement tandis que le géant perdu ajoute d'une pauvre voix cassée :

– On voulait juste te demander conseil... c'est tout.

Maria s'avance à sa rencontre et le prend par les revers de son blouson.

– Dis-nous ce qu'on peut tenter, Joseph... Dis-nous, mon petit. Toi, t'es du maquis... Tu sais forcément mieux que nous ce qu'on peut faire pour éviter le pire au pays. C'est pas seulement à nous qu'on pense. Tu sais bien.

Marnier a un geste d'impuissance et laisse retomber ses mains.

– Tout ce que je peux vous dire, c'est qu'il faut vous en débarrasser en vitesse. C'est une bombe, ce paquet ! De quoi faire sauter tout le village ! Fusiller les gens, brûler les maisons et tout...

— On sait bien, dit Jérôme encore nerveux, mais comment ?

De nouveau, Joseph Marnier hausse le ton. Il gesticule. Va de l'Allemand qu'il examine en se baissant à moitié jusqu'au fond de la cave. Puis revient pour fixer de nouveau le prisonnier.

— Comment ? Comment ? Vous me faites marrer, vous... Faut qu'il disparaisse, quoi ! Que les autres risquent pas de le retrouver. Ce matin, y a une compagnie de la division Vlassov qui a fouillé toutes les maisons du hameau de la Sourdière. Ils ont tué quatre hommes et une femme qu'ils avaient violée. Ils peuvent en faire autant ici... Ils cherchent à bouffer et de quoi rouler... Faut se méfier. Près d'Arbois, avant-hier, ils ont fusillé toute une famille parce qu'ils avaient trouvé au grenier une pétoire d'avant 70, un machin rouillé et la crosse toute bouffée des cirons, à ce qu'il paraît !

Maria ne pleure plus, mais d'une voix à peine audible, elle murmure :

— Marie mère de Dieu on est perdus !

La Retraite aux flambeaux

Jérôme se tourne vers elle.

– Ça suffit, Maria. Tu nous aides pas en chouinant.

Joseph se plante une fois de plus devant le prisonnier et dit :

– Si seulement vous aviez un puits ou une fosse à purin pour le balancer...

– Quoi ? intervient Ferdinand. Mais il est pas mort !

D'une voix froide, tranchante comme une lame, Joseph leur lance :

– De toute façon, vous n'avez tout de même pas l'intention de le conserver vivant, non ? Dans un puits ou dans une fosse, y serait tout de suite liquidé !

Ferdinand et Jérôme se regardent, l'air effrayé. Maria qui a porté ses mains à sa poitrine fait deux pas en arrière et bute contre un chevalet à bois. Ferdinand n'a plus de voix pour bredouiller :

– Quoi ? qu'est-ce que ?... Tu voudrais le tuer ici. Dans ma cave ?

Joseph dont le calme semble les terroriser a un geste d'impuissance.

— Ma foi, je vois guère d'autre solution. Il est ici, on va pas aller le tuer dans le jardin. Mais c'est pas moi qui vais le nettoyer. Sûrement pas.

Ferdinand est vraiment effondré. D'une voix qu'on reconnaît à peine, le visage décomposé, bégayant, il fait :

— C'est... c'est pas possible. On... on peut pas tuer un homme comme ça... pour... pour rien.

Joseph explose de nouveau. S'approchant de Ferdinand qui le domine de plus de deux têtes, il le regarde comme s'il allait lui sauter à la gorge. De sa voix de furie, il glapit :

— Mais bordel de merde, si vous l'avez arrangé comme ça, y a bien une raison, tout de même !

De nouveau troublé comme un enfant pris en faute, Ferdinand bredouille :

— J'sais pas... y gonflait mon vélo... Y voulait me le piquer, il était là...

Il montre l'endroit où ils se sont battus. Joseph l'interrompt :

— Cherchez pas. Y sont là, c'est la guerre.

La Retraite aux flambeaux

Y nous emmerdent, y tuent nos copains, y nous font crever de faim, c'est normal qu'on ait envie d'en descendre le plus possible.

— En se battant, dit Ferdinand qui semble s'être repris un peu, pas comme ça, tout ficelé.

Jérôme a l'air très agacé par cette prise de gueule qui ne mène à rien. Trois ou quatre fois il leur a fait signe de se taire pour mieux écouter. Là, il va jusqu'à la porte où il colle son oreille. Un moment de silence, puis Jérôme revient vers eux en proposant :

— Écoute, Joseph, si tu l'emmenais dans la forêt, tes gars pourraient le garder avec leurs autres prisonniers. Tu m'as dit que vous en avez une dizaine.

Joseph a un rire aigre. Il porte ses mains toutes rondes à sa poitrine pour répliquer :

— Vous voudriez me voir me baguenauder dans la nature avec un Chleuh en laisse. Ben dites donc, vous êtes pas gênés, vous. Sans compter que pour gagner la forêt, faut traverser la nationale et après faut se taper le pont. Vous êtes malades, non !

La Retraite aux flambeaux

Ferdinand laisse passer quelques instants de silence, puis, très calme, d'une voix qui semble avoir retrouvé sa force, il annonce :

– Je te demande pas de t'en occuper. Tu me dis où sont tes gars... Plutôt que de le voir tuer, je préfère m'en charger dès que ça s'arrêtera de passer. On tue pas les prisonniers.

Cette fois, c'est Joseph qui regarde les deux autres avec stupeur comme pour leur signifier qu'ils sont en présence d'un fou. Il braille :

– Mais vraiment, ça va pas ! Suffirait que son bâillon glisse...

Maria intervient :

– Il a raison. Tu te ferais fusiller, mon pauvre homme. Et nous aussi...

– Et tout le bled avec ! glapit Joseph.

Ferdinand a l'air écrasé. A sa femme, il dit :

– Alors, toi aussi, tu veux qu'y soit tué ?

– C'est un risque énorme, intervient Jérôme, pourtant...

Il est tout de suite interrompu par Joseph :

– Y a pas à discuter, je vous l'interdis.

La Retraite aux flambeaux

— Tu n'as rien à m'interdire. Je te demande pas de venir avec moi.

— Alors fallait pas m'appeler. En tant que conseiller municipal et lieutenant FFI, je vous interdis de risquer la vie de toute la population du...

Il s'interrompt. Un grondement énorme approche. La maison tremble. Le sol est ébranlé. Le prisonnier recommence à se débattre de plus belle et Joseph lui allonge un grand coup de soulier dans le dos. Puis il se baisse pour chercher dans son étui à revolver.

— Bon Dieu, il était bien armé, hurle-t-il. C'est des chars ! si on tire pendant qu'ils passent, on risque rien ! Où il est son pétard ?

Jérôme se précipite vers le tas de charbon, sans prendre la pelle, il fouille de ses mains. Cherche et finit par revenir avec l'arme au moment où les chars s'éloignent.

— Trop tard, rage le conseiller. Foutu !

10

TANDIS que les chars s'éloignaient, éteignant la bougie sans les avertir, Joseph s'est précipité vers la sortie. Ils l'ont entendu renverser des bouteilles, faire tomber la pelle en jurant des bordel de merde, puis la porte s'est ouverte et refermée. Un moment, ils sont restés immobiles dans le noir, puis Jérôme a dit :

– Bougez pas, je reviens.

Il est sorti aussi vite qu'il a pu. Le voilà dehors. A voix basse il appelle :

– Joseph ! Joseph !

La réponse tombe du perron :

– Je suis là. Gueulez pas, bon Dieu !

Jérôme monte en fouillant du regard l'obscurité du côté de la route où passent seulement des gens à pied et à bicyclette. Pas un moteur. On entend encore gronder les blindés mais assez loin vers le nord. Ils doivent monter la côte de Saint-Lermier. Bien plus loin encore on perçoit le vrombissement d'avions qui volent certainement en grande formation, et assez haut.

— Qu'est-ce que tu regardes ?
— J'essaie de voir par où on pourrait passer avec le corps.
— Passer ? pour aller où ?
— Le plus près, c'est le Doubs. Ou le canal. Bien lesté, y remontera pas.

Jérôme pousse un long soupir.

— En attendant, faut pas le laisser où il est.
— Je sais, on le voit de la porte.
— Quand t'es arrivé, on allait le mettre derrière la futaille.
— Faut y aller... quelle connerie ! J'arrive pas à comprendre qu'un homme de votre âge puisse agir pareillement ! Bon Dieu quelle connerie !

Ils redescendent. Jérôme frappe trois coups et la porte s'ouvre tout de suite. Ils entrent.

La Retraite aux flambeaux

— Vous aviez pas rallumé ?
— Les allumettes du Fritz sont finies et mon briquet a plus de pierre.

Jérôme actionne sa molette, avec sa main ouverte il protège la flamme de son gros briquet le temps de trouver la bougie qu'il allume.

— Allez, ordonne Joseph, faut le cacher en attendant...
— En attendant quoi ? demande Ferdinand.
— De le supprimer.

Soudain agressif, Ferdinand d'habitude très doux lui lance :

— Puisque t'es lieutenant, t'as qu'à t'occuper des prisonniers.

Furieux, Jérôme s'interpose :

— Vous allez la boucler, oui ! Sinon, je vous laisse tomber, moi. J'vous préviens, j'rentre chez moi !

Joseph grommelle encore. Jérôme s'est approché des tonneaux qu'ils doivent déplacer.

— Aidez-moi.

La Retraite aux flambeaux

Ils dégagent la place, puis, à eux trois, ils soulèvent l'homme qui recommence à gigoter dans ses liens, et ils le passent par-dessus les mâts pour le coincer entre le deuxième et les pierres de la muraille. A un moment, la tête heurte le bord d'un fût et Maria murmure :

– Seigneur !

– Faut retendre la corde qui lui ramène les pieds en arrière, sinon, y peut faire du vacarme en cognant dans la poutre, dit Joseph.

C'est lui qui s'en charge et il doit tirer un peu fort, car l'homme gémit.

– Tout de même ! fait Maria.

Joseph enjambe les mâts et revient vers eux en disant :

– Quand c'est eux qui torturent, pouvez croire que c'est autre chose... Là, y bougera pas.

Il empoigne le sac du soldat et le passe à Jérôme.

– Foutez ça derrière la poutre aussi. Et tassez-le bien, qu'on risque pas de le voir.

La Retraite aux flambeaux

Il avise une large tache par terre et demande ce que c'est.
— Du sang.
— Faut cacher ça.
Ferdinand montre sa main bandée.
— C'est moi qui ai saigné.
— Ça fait rien, vaut mieux cacher ça.
Jérôme va prendre la pelle et revient gratter le sol pour recouvrir la tache avec de la terre qu'il piétine.
— Faut vous soigner, fait Joseph. Vous vous êtes blessé ?
— Non, y m'a mordu.
— Et vous seriez prêt à me dire que ces gens-là sont pas des barbares ?
— J'ai foutu de la gnôle.
— Ça se sent.
— T'en veux un coup ?
— Non, mais je boirais bien un canon.
— Au premier fût... Jérôme, va tirer avec la pipette.
Joseph suit Jérôme qui vient de prendre deux verres sur une caisse retournée. Il enlève la bonde d'un petit coup du tranchant de la

main, sort un carré de toile à sac resté dans le trou et plonge la pipette qu'il retire pour la vider dans leurs verres.

— En veux-tu, Ferdinand ?

— Ça me ferait pas de mal.

Jérôme boit en deux fois, secoue son verre puis le remplit pour l'apporter à Ferdinand.

— A présent, gémit Maria, qu'est-ce qui va nous arriver ?

— Tu vas pas recommencer, dit Jérôme.

— D'abord vous, dit Joseph, c'est pas votre place ici. Vous seriez plus utile devant la porte pour cogner si quelqu'un s'approche.

— Qu'est-ce que vous allez faire ?

— Vous occupez pas.

— Allez, Maria, ordonne Jérôme, fais ce qu'on te demande.

Comme elle semble figée, clouée sur place, Ferdinand la prend doucement par les épaules et la pousse vers la porte.

— Allez, Maria, vite... Et te montre pas. Reste dans l'escalier.

Ils ont dissimulé la bougie. Maria sort et Ferdinand referme très vite la porte à clef. Il reste une minute l'oreille collée aux planches puis, revenant vers les autres, il dit :

– Ça passe vraiment plus guère. Ficelé comme il est, si je l'empoigne sous mon bras, je me fais fort de le porter d'une traite jusqu'à la forêt.

– Pas besoin d'aller si loin, lance Joseph qui a repris sa voix de chef. Au milieu du pont.

– Tu voudrais...

– Si vous voyez autre chose de sûr. Bien lesté...

– Comme ça... un gamin...

Jérôme lève la main entre eux.

– Vous remettez pas à vous engueuler, moi, je me tire. Mais Ferdinand a raison, d'ici au pont, y a les mêmes risques. Y gueulera pas plus en allant au bois. Et on peut le faire taire.

Il a un geste de sa main sèche comme s'il voulait assommer un lapin.

De nouveau très nerveux, Joseph grogne :

– Bon Dieu, vous êtes butés tous les deux. Il est pas question de l'emmener vivant.

La Retraite aux flambeaux

— On tue pas un homme comme ça.
— C'est la guerre. S'il avait pu sortir son feu, il aurait pas fait de détail, lui... Et vous auriez plus de souci, vous ! Et nous non plus !
— On se battait, c'est pas pareil.
— Assez tergiversé, faut y aller !

Il fait un geste pour empoigner un tonneau mais la poigne terrible de Ferdinand l'arrête par un bras et l'oblige à pivoter.

— Écoute, petit. On va tout de même essayer de lui demander sa parole...
— Trop de risques. Y sont fanatisés. Ce serait un vieux, je ne dis pas. Mais un SS, on peut rien espérer... Et puis, ils ont tous assez de crimes sur la conscience pour mériter d'être nettoyés.
— On peut pas dire ça. C'est un gamin. Il est pas responsable.
— Et les gosses qu'ils fusillent, y sont responsables de quoi ? De pas être nés de l'autre côté du Rhin ? D'être juifs ? D'être enfants de résistants ou pris en otage !
— Vous n'allez pas remettre ça, crie Jérôme. J'en ai marre, moi... Allez, Joseph, faut être

raisonnable, on va essayer. Si y a le moindre doute, t'as gagné : on le supprime !

Joseph hausse les épaules en grognant qu'ils perdent leur temps. Puis il ramasse le pistolet tandis que les deux autres enlèvent une nouvelle fois les tonneaux.

– Heureusement qu'ils sont vides, remarque Jérôme.

Dès que le passage est libre, ils se glissent jusqu'au mur. De sa main valide, le colosse empoigne le baudrier. Il soulève le prisonnier qu'il pose sur le mât. Jérôme lui tient la tête et Joseph se place devant avec le pistolet qu'il arme d'un coup sec.

– Surtout, tu tires pas, murmure Ferdinand.

L'autre a un mouvement de tête vers la rue accompagné d'un clin d'œil. Mais il dit, en détachant bien ses mots et en parlant le plus lentement possible :

– Vous parlez que je vais me gêner pour le descendre, ce petit fumier-là !

Il s'interrompt et se penche vers l'Allemand. Il le fixe dans les yeux et demande :

– Tu comprends ? Tu comprends le français ?

Le prisonnier, dont le regard est moins dur et moins clair que tout à l'heure, fait aller sa tête deux fois de droite à gauche.

– Pourtant, y m'a parlé, assure Ferdinand.

– Tous butés. Fanatisés. Pourris à cœur depuis l'enfance. Je vous l'ai dit : on peut rien en tirer de bon ! Ça se voit bien, qu'il comprend.

Il colle le canon du pistolet sur le front du soldat et parle très lentement :

– On va te tuer... Ça, tu comprends ?... Pan... Pan... Là, dans ta tête de brute.

Sa voix tremble de rage et sa main aussi.

– Si tu nous jures de rien dire, promet Ferdinand, on te libère... on va desserrer ton bâillon...

– Si tu gueules, je tire.

Jérôme est prêt. Il a défait les nœuds de la ficelle mais tient le torchon avec sa main. Il se tourne vers Joseph.

– J'y vais ?

Ferdinand dit :

La Retraite aux flambeaux

— Attends. Faudra jurer sur ta mère. Tu comprends... Tu sais... J'suis pas riche, moi. J'étais conducteur de locomotives... mon vélo, j'y tiens... Si tu jures sur ta mère, je te le donne...

— Feriez mieux de lui demander de jurer sur la tête de son Führer, remarque Joseph qui, encore une fois, avertit le jeune SS : Si tu gueules, kaputt !

Le regard de l'Allemand demeure vraiment impénétrable, ni engageant ni décourageant. On dirait presque qu'il se sent étranger à ce qui se passe. Joseph fait un signe à Jérôme.

— Allez... Et attention !

Jérôme, le visage crispé comme par une vive douleur, retire légèrement le torchon. Aussitôt, l'Allemand pousse un hurlement rauque tout de suite étouffé par la main de Jérôme.

— Qu'est-ce que je vous disais, crie Joseph. Vermine, va ! Sale vermine ! Ça a le vice dans la peau !

La porte s'entrouvre et Maria demande :

— Qu'est-ce que vous avez fait ?

— Fermez, bordel, lance Joseph les dents serrées.

Cette fois, le conseiller est furieux. Il bondit par-dessus le mât et court vers la porte. Sans ouvrir, il crie :

— Remontez chez vous. On va se passer de vous !

Et il ferme à double tour avant de revenir vers les autres.

— A présent, dit-il, vous êtes fixés. Plus rien à espérer. Faut le nettoyer tout de suite.

Ferdinand a reposé le prisonnier derrière l'énorme pièce de bois sur laquelle il se laisse tomber, l'air égaré.

— C'est pas l'heure de flancher, fait Joseph. A vous de jouer.

Le colosse lève vers le conseiller un regard implorant.

— Pas moi... Pas moi, j'pourrai jamais.

Et, pareil à un enfant, avec des sanglots à sa mesure, il se met à pleurer.

11

Maria reste longtemps immobile à l'angle de la maison. Son cœur bat fort. Elle fixe la rue où passent encore des gens à bicyclette, à cheval, quelques chars attelés et surtout des soldats à pied.

Du moins peut-on penser que ce sont des soldats car le ciel est épais. Seules quelques lueurs frôlent encore le ventre lourd des nuées. Mais rien n'éclaire la rue. De temps en temps, le point rouge d'une cigarette.

Et puis, soudain, un homme s'arrête juste devant la grille, comme s'il voulait entrer. Maria le devine bien plus qu'elle ne le voit. Il parle, ou un autre lui parle dans une langue qu'elle ne comprend pas mais qui ne ressemble pas du tout à de l'allemand. Une étincelle, puis d'autres trouent la nuit. Et une petite flamme danse qu'une main enveloppe pour la protéger du vent. Elle fait sortir de l'obscurité un visage et une visière de casquette. A peine le temps de voir un nez long et un reflet dans des verres de lunettes. Puis plus rien. De nouveau la nuit qui fait frissonner.

Alors, Maria monte l'escalier et elle rentre chez elle. Sa peur d'attirer l'attention est telle qu'elle n'allume même pas une allumette. Tâtonnant le long de la cloison, elle va jusqu'au fauteuil de paille qui se trouve dans le vestibule, à côté du portemanteau. Au passage, elle vient de buter du pied le porte-parapluies en cuivre. Le bruit lui a semblé énorme. On doit l'avoir entendu de la cave et même de la rue. Maria frissonne et tremble.

Elle est assise dans le noir le plus parfait. Elle n'ose même pas appuyer son dos car la paille craque et le bruit risque de s'entendre à des lieues. Sur la pointe des fesses, au bord du siège, elle s'oblige à une totale immobilité.

Elle prie. Ses lèvres remuent à peine. Elle enchaîne toutes les prières qu'elle connaît.

La Retraite aux flambeaux

Elle en invente d'autres. Des mots sans suite où reviennent le nom de Jésus, de Marie et de tous les saints. Le nom de tous les êtres qu'elle aime. Le nom de ses morts les plus chers.

Elle reste tendue et sursaute soudain quand trois lourdes détonations roulent dont le souffle secoue les fenêtres.

On ouvre la porte de la cave. Maria se précipite. Elle sort sur le perron au moment où un pas monte jusqu'au sol de l'allée.

– C'est qui ?
– C'est moi, dit Jérôme sans élever la voix.
– T'as entendu ?
– Oui. Regarde vers la droite.

Une lueur lointaine monte derrière l'église et rougit les nuages bas.

– Ils ont dû faire sauter l'usine à gaz à Dole.
– Ou des réservoirs d'essence.
– Ça m'étonnerait, ils en ont trop besoin... Rentrons.
– Ça va ?
– Ça va. Tu devrais ouvrir toutes les fenêtres pour que si ça saute plus près, ça vous casse pas les carreaux.

La Retraite aux flambeaux

Il redescend l'escalier et rentre à la cave.

Maria entend claquer deux fois la grosse serrure. Elle se coule doucement à l'intérieur de sa demeure. Dans cette maison où elle a vécu tant de journées tranquilles. Toujours sans oser allumer la moindre bougie, elle entreprend d'aller ouvrir toutes les fenêtres et même la porte vitrée de la cuisine, qui donne derrière, sur le jardin. Quand elle l'ouvre, le chat entre et vient se frotter contre sa jambe.

Dès qu'elle a fini, elle boit un grand verre d'eau et va s'asseoir dans le couloir en prenant son chat sur ses genoux.

– Me dis pas que t'as la frousse toi aussi. T'as pas besoin de t'en faire. C'est des brutes, mais y tuent pas les chats.

De parler ainsi à cet animal la rassure un tout petit peu. La peur demeure tout de même en elle. Elle est vraiment redevenue la petite fille qui avait peur de la nuit.

Sa main tremble de plus en plus. Est-ce le ronronnement du chat qui la fait trembler ainsi ?

12

– Ferdinand, c'est une lâcheté, ce que vous faites. Ce type vivant ici, c'est de la dynamite.

L'ancien mécanicien se lève comme s'il avait sa locomotive sur les épaules. Sa voix d'enfant puni implore :

– On pourrait attendre un peu... on trouvera une autre solution... Les Américains sont certainement plus très loin.

Les yeux de Joseph lancent des éclairs derrière ses verres épais comme des loupes. Il l'interrompt :

– Vous avez foutu la commune dans la merde, vous n'avez plus le droit de vous dégonfler.

La Retraite aux flambeaux

Jérôme qui vient de rentrer et leur a parlé de l'usine à gaz dit :

— Y passe moins de monde. Et y a des grands moments sans rien. On pourrait facilement traverser la rue.

— Justement, dit Ferdinand, même vivant, y a pas plus de risque.

— Non ! glapit Joseph.

— Je crois qu'il a raison, dit Jérôme en posant sa main sur l'épaule de son ami. Vaudrait mieux en finir... Tu vois bien qu'il y a pas d'autre solution.

— Mais bon Dieu, Jérôme, c'est pas possible que ce soit toi qui me dises d'assassiner un gamin !

— C'est terrible, je sais. Mais faut penser aux risques qu'il y a...

Ferdinand se redresse. Sa voix est redevenue celle d'un homme qui n'a pas peur.

— Tant pis, dit-il, j'aime mieux partir avec lui. Tenter le coup de me livrer en leur expliquant.

— T'es cinglé ! lance Jérôme. On dirait que tu les connais pas.

La Retraite aux flambeaux

— En voilà assez, crie le conseiller. S'agit pas de vous. C'est tout le pays qui va trinquer... Je vous aurais cru plus courageux !
— Mais c'est un gamin... Un gamin, regarde-le, quoi !
— Justement, faut pas le regarder.
— Vos gueules ! lance Jérôme.
— Quoi ?
— Un camion arrêté là devant.
— Merde !
— Éteignez, je vais regarder.

Joseph pince la mèche de la bougie et Jérôme, le plus doucement possible, ouvre la porte. Ferdinand qui s'est approché lui souffle :

— Faut t'en aller, mon vieux.
— T'es fou ! Tu penses tout de même pas que je vais vous laisser, non !

Ils montent deux marches et tendent l'oreille. On parle allemand, il y a des bruits de bottes et une torche électrique se promène dans la rue. Elle tourne autour du véhicule en éclairant le sol. Puis une deuxième torche s'allume et son faisceau balaie une façade, de l'autre côté de la rue. Un pas traverse. Une silhouette casquée se détache sur la lueur.

– Y vont chez Bouchor.

En face, on cogne à une porte qui s'ouvre.

– Qu'est-ce qu'ils peuvent vouloir ?

– J'sais pas.

Joseph s'est approché aussi. Il tient à la main le pistolet de l'Allemand mais les autres ne le voient pas, la nuit est trop dense. Il dit :

– Vaut mieux rentrer. Si l'autre détachait son bâillon...

– Tu crois qu'ils le cherchent ? demande Ferdinand.

– Vous rigolez. Avec la pagaille qu'ils ont, un mec de plus ou de moins...

Ils rentrent et referment la porte à double tour. Joseph allume la lumière et se promène avec la bougie le long de la cave en examinant tout.

– Faut remettre ces tonneaux sur les mâts. On peut rien faire tant qu'ils sont là devant. Et même, s'ils venaient, ils demanderaient ce qu'on fout ici.

Ils se regardent tous les trois. Joseph va

remettre le pistolet sous le charbon. Les deux autres gerbent les fûts, puis Jérôme dit :

— On devrait se mettre à soutirer.

— Tirer mon vin à cette saison ?

— Juste pour avoir l'air plus naturels.

Jérôme apporte des bouteilles vides près d'un tonneau qui se trouve à l'entrée.

— On va pas en tirer beaucoup, juste de quoi donner le change. Si tu le bois dans les jours qui viennent...

— Vous avez raison, Jérôme, dit le conseiller. Et s'ils entrent, on leur en donne, ça les apaisera.

Dès qu'ils ont empli une dizaine de bouteilles, Jérôme cherche des bouchons.

— J'en ai, mais y sont pas lavés.

Jérôme hausse les épaules et dit :

— Tu sais, ça n'a guère d'importance...

— Taisez-vous !

Le moteur gronde. On entend des cris. Des ordres secs puis le camion s'éloigne et c'est le silence presque total. Les trois hommes demeurent un moment tendus. Ils perçoivent le pas de Maria qui, elle aussi, avait dû aller jusqu'à la porte pour essayer de deviner ce qui se déroulait en face. D'une voix un peu enrouée, Joseph dit :

— A présent, Ferdinand, y faut y aller. Le mieux, c'est de lui passer un bout de corde autour du cou. Par-derrière, vous serrez un bon coup. Avec la poigne que vous avez, ça fera pas un pli.

— Non... pas ça... surtout pas ça. Le... Le pistolet... Et encore.

— Je sais, fait Joseph, c'est plus facile, seulement, ça fait du bruit.

Ferdinand est de nouveau perdu. Il tremble. Il bégaie :

— Toi, au maquis... quand... quand... vous...

— Ah non, hein. Je veux bien vous aider, mais faut pas m'en demander trop.

Ferdinand se tourne vers Jérôme. Il est livide.

— Jérôme, c'est affreux... un gamin... J'peux pas... J'aime mieux m'en aller...

— Vous êtes fou, rage Joseph. Désertion ! Vous livrez le village au massacre !

La Retraite aux flambeaux

– Mais puisque...
– Vos gueules !

Ils se taisent. La terre tremble. Tout vibre comme si un orage énorme approchait. Joseph lance :

– Des chars... une chance inouïe. Y vont passer là... si vous tirez au bon moment, personne peut entendre.

Il court vers le tas de charbon qu'il fait voler à coups de pied. Se baisse. Ramasse le pistolet qu'il apporte et tend à Ferdinand.

– Vite, les tonneaux, Jérôme.

Ils prennent les tonneaux et les basculent dans l'allée où l'un d'eux roule et cogne.

– Vite... Derrière lui.

Il pousse Ferdinand complètement hébété qui bute et manque tomber en enjambant le premier mât et qui ne cesse de bégayer :

– Peux pas... peux pas...

Jérôme dit :

– J'vais sortir pour surveiller.

– Non, ouvrez pas ! crie Joseph. Allez pousser la porte pour la bloquer.

La Retraite aux flambeaux

Le bruit approche. Tout tremble de plus en plus.

— Allez ! Allez !

Ferdinand avance vers cette masse de tissu noir coincée derrière le mât. Une touffe de cheveux blonds très courts, une nuque étroite.

— Un enfant... un petit... pas... pas possible...

Joseph lui prend la main qui tient l'arme et la met en place derrière cette nuque. Il se retire. Des secondes coulent avec le vacarme qui grandit.

Grandit.

Devient assourdissant.

Les chars sont là devant. On dirait qu'ils vont écraser les maisons.

— Tirez... Tirez nom de Dieu ! Vous êtes un salaud !

Les chars s'éloignent... On dirait que d'autres avancent. Jérôme se tient derrière la porte qu'il pousse pour qu'elle joigne bien.

Ferdinand est comme pétrifié. Le canon

de l'arme tremble sur la nuque de l'Allemand qui remue à peine.

— Si vous tirez pas ce coup-ci, vous serez obligé de le tuer autrement... si vous tirez pas, tout le village y passe... Vous serez responsable !

Les chars arrivent. Le bruit monte de nouveau. Ils sont là. Devant la maison ébranlée.

— Tirez nom de Dieu ! hurle Joseph. Tirez !

Ferdinand ferme les yeux. La détonation claque et l'odeur de poudre emplit la cave.

Ferdinand lâche l'arme qui tombe derrière l'énorme poutre vermoulue d'où ils ont enlevé les fûts. Le corps coincé entre le bois et le mur s'est affaissé. Il demeure immobile. On ne voit plus ni les cheveux si clairs ni le sang sur la nuque. Seulement une vareuse noire barrée par le ceinturon et le baudrier de cuir.

Comme Ferdinand demeure fasciné par ce qu'il voit, Joseph le tire par le bras.

— Venez... C'était un SS... Sergent si jeune, faut croire que c'était pas un tendre. Il aurait pas hésité à nous descendre tous les trois et votre femme avec !

Dans le lointain, on perçoit encore un vague ronronnement qui décroît. Jérôme près de la porte leur dit :

— Cachez la bougie, je vais essayer de voir ce qui passe sur la route.

Ils placent la bougie derrière une caisse et Jérôme ouvre juste ce qu'il lui faut pour sortir.

Il reste dehors quelques instants seulement, puis, revenant, il dit :

— J'entends rien passer. Mais je crois qu'on devrait se grouiller, le temps a l'air de vouloir s'éclaircir.

Il revient près d'eux. Il a pris un bout de corde et leur explique :

— On trouvera une grosse pierre sur le mur de la Louise Massardier.

— Donnez, fait Joseph, je porterai la corde, et son sac, bonsoir, faut pas oublier son sac. Faut prendre aussi un bout de fil de fer pour la pierre. Vous deux, vous allez porter le corps. Faut pas laisser son calot.

La Retraite aux flambeaux

Jérôme propose d'une voix qui tremble :
– Faudrait un bout de sac pour lui envelopper la tête, qu'il foute pas du sang partout.

Le grand Bringuet, toujours si plein de force, est soudain vide. C'est Jérôme qui fouille partout et finit par trouver un sac vide. Et c'est encore lui qui enveloppe cette tête morte d'où le sang continue de couler.

Le conseiller s'énerve. Il ne dit rien, mais il trépigne et heurte du poing des tonneaux vides. Il finit par grogner :
– Allez, faut se presser, bordel !

13

Maria qui a entendu le coup de feu est descendue dès après le passage des chars. Elle est sur le seuil de la cave. Elle n'ose pas entrer. On la devine à peine dans une clarté laiteuse qui suinte des nuées en mouvement. Elle triture le pan de son tablier qu'elle tire parfois jusqu'à sa bouche. Elle ne sait que bredouiller :

– Mon Dieu !... Mon Dieu !...
– Allez, Maria, dit Jérôme, remonte vite. Tu n'as rien à foutre ici. Monte et boucle ta porte... Et ouvre à personne. Personne, t'as compris !

Elle fait trois pas et se retourne pour dire à mi-voix :

– Attention hein !

Elle monte lentement et demeure encore un moment sur le perron, immobile, les mains croisées sur sa poitrine.

Jérôme est allé jusqu'à la grille. Pour l'heure, rien ne passe. Il revient et rejoint les autres dans la cave.

— Alors ?

— On peut y aller.

— Faut se grouiller.

— Allez, Jérôme, ordonne Joseph, aidez-le à le sortir de là.

— Dire qu'il faut le toucher, se lamente le vieux mécanicien.

Joseph parle sec :

— C'est plus le moment de vous dégonfler. Prenez-le à deux. J'irai devant pour voir si y a pas de risques.

— Est-ce qu'on va passer par la rue depuis ici ? demande Jérôme.

— Oui, ça ira plus vite. Y a partout de quoi se planquer.

— Tout de même, c'est pas prudent.

— Par les jardins, faudrait trois fois plus de

temps. Et les barrières à sauter et tout. Allez, en route. Y a plus à discuter.

Ferdinand et Jérôme respirent tous les deux profondément, comme s'ils avaient à traverser le Doubs en nageant sous l'eau. Jérôme se baisse et tire par le ceinturon.

– Empoigne les pieds... par la corde...

Ferdinand s'exécute en soupirant :

– Malheureux !

– Ça va aller.

– Dépêchez-vous, souffle Joseph en éteignant la bougie.

Ils reprennent le corps.

– C'est pas facile.

Ils le montent comme ils peuvent en haut de l'escalier et le posent un instant pour l'empoigner mieux avant de s'engager dans le jardin. Ils sont à peine à mi-chemin qu'un moteur se fait entendre.

– Des autos, souffle Jérôme.

Ils s'arrêtent.

– Vite jusqu'à la murette, ordonne Joseph.

Ils courent tous les trois pour s'aplatir par terre contre le petit mur à peine haut d'un demi-mètre qui soutient la grille. Le rosier grimpant leur lâche une averse sur le dos.

Le souffle court, le cœur battant, ils demeurent immobiles contre la terre froide et les iris trempés.

– C'est des motos, annonce Joseph.

La pétarade approche, ralentit, change de tonalité et s'engage entre les maisons où son bruit s'amplifie, répercuté par les façades.

La lueur bleue des phares joue dans les branches du rosier où étincellent des gouttes. Elle frôle les fusains et les grands lilas. Les hommes, sans lever la tête, comptent onze motos qui se suivent à peu près à dix pas. Mais un autre bruit vient derrière. Deux voitures passent puis encore six motos l'une derrière l'autre.

Le silence reprend lentement possession de la nuit que n'habite bientôt plus qu'une caresse de vent.

– J'crois qu'on peut y aller, souffle Joseph. Faut foncer jusqu'au croisement. Une fois sur la route du pont, ça ira mieux.

Jérôme dit :

La Retraite aux flambeaux

– Ces motos et ces deux grosses bagnoles, ça devait être au moins un général. Ça m'étonnerait qu'il soit le dernier. Il y a certainement une arrière-garde.

Joseph va ouvrir la grille qu'il faut soulever un peu pour qu'elle grince moins. Jérôme empoigne la corde qui lie les bras du mort et Ferdinand celle qui attache les chevilles.

– L'est pas lourd !

Les deux hommes marchent assez aisément. Ils traversent la route tout de suite pour être dans l'ombre des maisons. De plus, s'ils avaient à se cacher, il y a là trois cours qui ne sont pas fermées. Ils marchent très vite. Leurs pas font un bruit infernal entre les façades. Leur souffle est celui de deux forges.

Joseph qui court les a distancés. Il est déjà à l'angle de la route qui pique vers le pont. Ils le devinent dans la clarté qui semble s'intensifier. Son bras leur fait signe de se dépêcher. Il reprend le sac, prêt à repartir, mais le grand Bringuet trébuche et lâche son fardeau. Il s'appuie un instant au mur, respire profondément, se baisse pour se charger de nouveau et poursuivre sa marche.

Ils sont à hauteur de la cour des Michalon quand des coups de fusil claquent dans la direction de Rochefort. Ils s'arrêtent.

– C'est loin, dit Jérôme.

Une mitrailleuse crépite. Plusieurs grenades éclatent. Joseph leur fait signe de venir. La fusillade cesse mais elle les a empêchés d'entendre un moteur qui vient du sud. Il semble presque sur eux. Le bras de Joseph s'agite pour leur montrer où se cacher, puis le conseiller disparaît.

– Vite ! Vite !

Ils empoignent le mort comme ils peuvent et bondissent dans la cour où ils s'aplatissent derrière le premier obstacle qu'ils contournent.

– Saloperie, grogne Jérôme.

Ils sont derrière le tas de fumier. A plat ventre dans la rigole à purin. L'odeur les prend à la gorge.

Un camion passe qui fait un bruit de ferraille terrible. Puis un autre. Un espace assez long et deux autres suivent.

Les hommes se relèvent.

– Vérole de merde, grogne le colosse.

– Heureusement que ça porte chance.

Ferdinand ne dit plus rien. Il agit comme un automate.

Les moteurs s'éloignent et, très vite, Joseph paraît à l'angle de la ferme.

– Allez, venez ! Venez vite !

Ils reprennent leur fardeau et repartent en courant d'une traite jusqu'à la route qui mène au pont. Une fois là, ils ralentissent le pas. Le vent qui vient tout droit de la forêt les enveloppe de fraîcheur. La sueur se glace sur leur visage et leur dos.

Il semble que le chant des arbres bordant le canal prolonge le murmure lointain des frondaisons de l'immense forêt.

14

Ils courent le plus vite possible. Ferdinand est terriblement essoufflé. Joseph qui les devance aisément les attend à l'entrée du pont du canal. Ils y parviennent péniblement. Ferdinand peut à peine parler :

— Le canal... aussi bien...

— Non. Si jamais y font sauter une écluse en aval, il se vide et on le voit tout de suite du pont, ton macchab.

— J'en peux plus.

— Je vais vous reprendre. Tenez la corde et la pierre. Empoignez son sac par là, qu'il s'ouvre pas.

Essoufflé lui aussi, Jérôme dit :

— On peut se reposer une minute ici. Si y a un risque, on sera vite sous le pont.

Ils descendent de quelques pas en tirant le corps sur l'herbe.

— Faut pas traîner, ça va s'éclaircir. On risque de nous voir de loin.

Le ciel est moins plombé. Par moments, la pleine lune se dessine derrière un voile qui court très vite.

— Faut y aller.

Joseph prend la place de Ferdinand qui se charge de la corde, du fil de fer, d'une grosse pierre à peu près cubique que Joseph a prise sur un mur à demi écroulé, et du sac du petit SS.

Cette fois, ils cheminent sous des arbres. Deux voitures passent sur la grand-route. Ils se cachent seulement le temps de s'assurer qu'elles ne viennent pas par là, puis, avant même qu'elles n'aient atteint la sortie nord du village, ils repartent toujours courant. Ils vont au pont d'une seule traite. Avant de s'y engager, ils s'arrêtent.

— On va le lester ici, dit Joseph. On est moins en vue qu'en plein milieu. Et on peut se planquer.

La Retraite aux flambeaux

Ils posent le corps sur la chaussée et Joseph lui passe la corde sous les bras.

– Attachez la pierre avec le fil de fer, c'est plus sûr qu'elle glissera pas.

La lune paraît qui les éclaire en plein. Le Doubs miroite comme une rivière de diamants.

– Putain de merde ! grogne Jérôme.

– Faut pas traîner.

Ils attachent la pierre contre le ventre du soldat et s'assurent qu'elle ne risque pas de glisser.

– C'est bon, dit Jérôme en empoignant les chevilles.

Ferdinand prend par le haut du baudrier et sa main serre quelque chose de gluant. Il lève tout de même. Ils courent jusqu'au milieu de la rivière, s'arrêtent et Joseph lance tout de suite le sac dont on entend le plouf. Il crie :

– Allez, hop !

Les autres balancent le corps par-dessus le parapet de pierre et écoutent... Pas de plouf, mais un curieux bruit comme une multiple et longue note de musique. Une corde pincée qui vibre et, en écho, un craquement de bois.

— Mille dieux ! Les fils !

Ils se penchent, mais l'ombre du pont ne permet pas de voir vraiment. Ils devinent à peine le corps pris dans les fils et qui se balance. Le poteau de la rive a craqué, mais il est resté debout. Ils sont atterrés. Ils avaient oublié cette ligne téléphonique tendue là par le génie de la Wehrmacht il y a plus d'un an.

— Une ligne plus bas qu'un pont ! soupire Jérôme. Faut être vicieux !

— Qu'est-ce qu'on va faire ? se lamente Ferdinand.

— Y a qu'une solution, faut scier un poteau.

— J'vois pas ce qu'on peut faire d'autre.

— Vous allez descendre vous planquer sous le pont. Je fonce chercher une scie.

Joseph détale tandis que les autres descendent lentement vers la rive, à travers un fouillis de ronces et de jeunes pousses de saules.

La lune se cache puis reparaît alors qu'ils atteignent la rive. De là, ils voient très bien

ce paquet noir pris dans les fils et qui se détache sur le ciel lumineux.
— Vérole, il est bien pris.
— Je crois qu'il est pris par la pierre et par le fil de fer qui la tient.

Jérôme va jusqu'au poteau qu'il essaie de secouer. Il parvient tout juste à le faire couiner et à remuer un peu les fils où le corps se balance de nouveau. Ferdinand murmure :
— Un gamin... un petit gamin.
— Allez, viens sous le pont.

Ils longent la berge dont l'herbe mouillée leur trempe les jambes, et parviennent dans l'ombre du pont tout habitée par le reflet mouvant des eaux. La lumière veinée danse sous la voûte de grosses pierres luisantes de salpêtre et d'humidité. Il y a là quelques roches dont certaines ont été apportées par Ferdinand qui venait s'y asseoir pour pêcher, les jours de pluie.

— Assieds-toi, dit Jérôme en prenant place sur l'une des pierres.

Ferdinand fait comme lui en soupirant.
— J'viendrai plus jamais pêcher là. C'est

sûr... plus jamais... Je viendrai plus couper de l'herbe pour mes lapins.

— J'te comprends, mon pauvre Ferdinand, mais tu pouvais pas faire autrement... Tu pouvais pas. Je t'assure. Y avait trop de risques à le garder.

Au loin, on entend encore des explosions. Jérôme se lève et va regarder vers l'amont, puis vers l'aval.

Il revient s'asseoir.

— On peut rien voir.

— J'espère qu'y se fera pas prendre, le Joseph.

— Mais non, y fait attention. Il a pris l'air, mais c'est un malin.

Ils se taisent pour mieux écouter la nuit qui miaule à peine. Des gouttes d'eau tombent de la voûte et font d'énormes cloques qui résonnent. On perçoit encore des bruits de moteurs mais vraiment très lointains.

Bientôt, ils entendent courir, puis des cailloux roulent. Les herbes froufroutent. Joseph dévale très vite. Il est essoufflé. Il tient une scie à bois de coupe et une serpe.

La Retraite aux flambeaux

– Dans le bûcher à Lormier. C'est le plus près... J'ai pris la serpe, si on peut pas scier j'essaierai de grimper au poteau pour couper les fils.

– Tu pourrais pas, mon pauvre petit.

Jérôme prend la scie et va tout de suite attaquer le poteau.

Ferdinand le suit. Joseph reprend son souffle.

– Ça fait un sacré raffut ! dit Ferdinand.

– Moins qu'une hache.

Ferdinand prend l'autre bout de la scie et ils la manœuvrent à la manière d'un passe-partout. De temps en temps, ils s'arrêtent pour tendre l'oreille. On entend des moteurs, mais toujours très loin, et qui n'ont pas l'air d'approcher.

Joseph qui vient de les rejoindre dit :

– Je remonte, je surveillerai mieux. Si je vois un risque, je balance des pierres dans l'eau à côté de vous.

– D'accord.

Il repart dans les broussailles et les deux autres se remettent à scier.

La Retraite aux flambeaux

— Je vais pousser, dit Ferdinand après un moment.

Il lâche la scie et met toute sa force à pousser le poteau qui gémit.

— Encore un petit coup.

Jérôme engage de nouveau la lame et scie. Il a donné trois ou quatre coups lorsque des cailloux tombent dans l'eau. Il s'arrête de scier. Joseph dévale vers eux en bondissant par-dessus les ronces. Un moteur gronde.

— Ça vient ici, fait Jérôme.
— Bordel !

Pareil à un taureau, Ferdinand se rue sur le poteau et pousse, pousse. Jérôme laisse tomber la scie et pousse avec lui, puis Joseph les rejoint. Le bois craque. Un bruit énorme. Le moteur approche et la lueur bleue des phares est déjà sous la voûte des arbres qui bordent la route entre le Doubs et le canal. Le poteau craque. Il se couche et tombe dans l'eau en même temps que le corps. Le plouf emplit la nuit.

On dirait que la voiture s'est arrêtée sur le pont du canal. Son moteur tourne au ralenti.

La Retraite aux flambeaux

Ils écoutent. Le bruit du sang à leurs tempes couvre presque celui du moteur.

– Vaut mieux se planquer comme il faut, dit Joseph.

Ils vont sous le pont et s'accroupissent tous les trois contre le pied de la pile, entre de gros enrochements visqueux de limon. Il y a là une forte odeur d'eau.

– Ça repart.

Le moteur gronde plus fort.

– Merde, ça vient par ici.

La voiture roule lentement sur le pont.

15

La voiture vient à peine de s'arrêter à l'autre extrémité du pont qu'une forte explosion secoue l'air. Une lueur est apparue vers l'amont, derrière des arbres. Le souffle vient jusqu'à eux.

– Bonsoir, fait Joseph, c'est pas loin !
– Peut-être une ligne à haute tension.

Des voix crient sur l'autre rive. La voiture tourne au ralenti un moment puis on l'entend manœuvrer.

– Y vont se tirer.

Le véhicule revient lentement et s'arrête presque au-dessus d'eux. Cette fois, le moteur cesse de tourner. Des portières claquent et des pas sonnent sur la chaussée.

– Tout de même, ils ont rien pu voir.

— Sûrement pas.

Les bruits de bottes et de voix se déplacent. On dirait que ces gens marchent sur le pont.

Ils traversent à pied après avoir ramené leur véhicule sur cette rive. Ce qui rend délicat le repérage, c'est que d'autres parlent qui ont dû rester près de la voiture. Bientôt, on entend cogner. On tape sur le tablier du pont.

— Merde, souffle Joseph, y vont faire sauter le pont.

Les coups de pioche sont à présent plus réguliers.

— Sont deux à creuser.

— Qu'est-ce qu'on fait ?

— Rien. C'est sûrement l'arche du milieu. Ici on risque rien.

— T'es sûr ?

— Sûr... Si on bouge, on se fait flinguer.

Les Allemands restés près de la voiture se mettent à rire. Une bouteille vide tombe dans l'eau pas très loin du rivage et flotte, emportée lentement par le courant. La lune qui continue de se montrer entre les nuages éclaire un moment très violemment. On voit fort bien le poteau couché et les fils qui s'enfoncent dans l'eau. Il semble qu'une masse sombre soit visible nettement en aval, mais qui ne doit pas être le corps trop lourdement lesté pour qu'il soit resté à la surface. Ce doit être le sac du mort.

Soudain, Jérôme empoigne le bras de Joseph et souffle :

– L'eau monte.

En effet, le courant semble plus rapide et le niveau s'est déjà rapproché du pied du poteau qu'ils ont coupé.

– Merde ! C'est l'écluse qui a sauté !
– Qu'est-ce qu'on fait ?
– On peut rien faire.
– Ça viendra peut-être pas jusque-là.
– J'aime mieux avoir les pieds mouillés que de me faire descendre, dit Jérôme.

Ferdinand ne bronche pas. Toujours immobile, il fixe la surface de l'eau, à l'endroit où le corps a disparu. On dirait qu'il ne voit rien d'autre. Qu'il n'entend rien. Qu'il est étranger à ce qui se passe. L'eau continue de monter.

La Retraite aux flambeaux

Sur le pont, les bruits de pas, les voix, tout se déplace. Les pioches ont cessé depuis un bon moment.

Il y a encore des rires. Le moteur de la voiture se remet à tourner. A l'instant où elle démarre, une autre bouteille vide tombe dans le Doubs. Elle plonge, remonte et part lentement au milieu de cercles lumineux qui gagnent la rive.

16

Maria qui était sortie pour mieux entendre les bruits de la nuit n'y tient plus. Elle a vu passer cette voiture et elle a compris qu'elle tournait en direction du pont. Tout de suite, il y a eu une explosion en amont. Ce n'est pas lié au passage de cette auto, mais tout de même, que va-t-il arriver aux hommes ?

– Seigneur, ils sont perdus !

Alors, elle oublie toute prudence. Elle ouvre la grille qui grince, écoute s'il ne vient rien et traverse la rue.

Par la cour des Lormier, si elle passe par-dessus les barrières des jardins, elle peut gagner le chemin de halage. Elle s'engage au ras de la maison et, très vite, elle pénètre dans le jardin dont le portillon est resté ouvert. Elle traverse et, arrachant au passage le piquet d'un pied de tomates, elle s'en sert pour appuyer sur la barrière.

Elle s'arrête.

On tape sur le pont. Elle pèse de toutes ses forces sur le fil de fer rouillé qui grince dans les cavaliers. Elle passe une jambe par-dessus, sa jupe accroche et se déchire. Peu importe, elle est de l'autre côté. La lune écarte les nuées. Maria est visible de loin, au beau milieu de ce potager. Elle s'immobilise. On pioche toujours. La lune se cache à demi. Maria repart et franchit une barrière de grillage qui ploie facilement.

A présent, elle descend. Il y a le contre-fossé du canal. Pas très profond. Elle entre dans l'eau qui lui monte à peine aux genoux. Son soulier droit reste dans la vase. Elle ne va pas se mettre à le chercher. Elle grimpe dans l'herbe jusque sur le sol ferme du chemin de halage.

Le canal, il n'est pas question de le traverser autrement qu'en empruntant le pont. Sur ce pont, passe la route où Maria a vu s'engager l'auto. Et c'est là que les hommes sont partis avec leur mort ficelé. Cette auto, ça ne peut être que des Allemands. S'ils les ont vus, tout est perdu !

Sur ce chemin et sur le canal, l'ombre est épaisse en raison des platanes énormes qui le bordent. Boitillant à cause des cailloux et des ronces, Maria se remet à marcher.

Le dernier arbre se trouve à moins de trente pas du pont. Après, il y a tout un espace de clarté à franchir. Elle hésite. Collée contre l'écorce qui se soulève en larges plaques et fait du bruit, elle tend l'oreille et fixe la route. On dirait qu'on parle et qu'on rigole là-bas, en direction du Doubs.

Puis, le silence. Une éternité de silence lourd et épais.

Une éternité d'au moins dix secondes et un moteur se met en marche.

Maria tremble. Elle a froid soudain. La lueur bleue des phares éclaire les arbres. Elle frôle le parapet. Un long reflet court sur l'eau immobile du bief où se dessine l'ombre du pont. Maria s'accroupit derrière son arbre.

La voiture passe, file vers les premières maisons et prend le virage très vite. Elle roule, le moteur hurle. Elle fonce en direction du nord. Maria se redresse et s'avance sur la partie du chemin où elle n'est plus protégée par les arbres. De l'autre rive du canal part un cri. Elle reconnaît la voix de son homme.

– Maria ! Couche-toi !

Instinctivement, elle obéit et s'allonge dans l'herbe mouillée. Elle n'y est pas depuis deux secondes qu'une énorme explosion lui comprime la poitrine et lui écrase les tympans.

17

Des pierres et des gravats tombent un peu partout jusque dans les jardins et sur les toits des premières maisons. Maria en reçoit sur le dos. Les hommes aussi qui sont allongés dans les broussailles entre le canal et le Doubs. Aussitôt après l'explosion, ils entendent encore la voiture qui s'éloigne toujours très vite vers le nord. Maria se lève et Joseph lui crie :

– Restez où vous êtes. On va venir.

Elle les regarde monter jusqu'au pont du canal. Là, ils se séparent. Elle voit son homme et Jérôme qui viennent vers elle tandis que Joseph court en direction du Doubs.

Quand ils la rejoignent, elle demande :
– Alors ?

– Joseph va voir les dégâts.

Elle hésite et, regardant Ferdinand, elle répète :

– Alors ?

Il a un geste de désespoir et dit d'une pauvre voix :

– Bon Dieu, les yeux qu'il avait, ce gamin !

– Tais-toi, fait Jérôme. Faut pas y penser. C'était un SS. Un tueur.

L'ancien mécanicien du PLM hoche la tête. Il reste un moment silencieux avant de demander à Jérôme :

– Quel âge tu crois qu'il avait ?

– Tais-toi... Écoute.

Le pas de Joseph revient. Ils le voient s'arrêter un instant avant de s'engager sur le pont du canal. Puis il se remet à marcher et descend rapidement vers eux. Dès qu'il arrive, il annonce :

– Il est solide, notre vieux pont. Leur gros pétard a juste fait un trou dans la chaussée. La voûte a même pas l'air fendue. Suffira de foutre des madriers et on pourra passer. J'aurais jamais cru qu'il résiste comme ça.

La Retraite aux flambeaux

— Et le Doubs ?
— Ça monte vachement, mais ça devrait...
Il n'achève pas. Vers le nord, deux aboiements de grenades puis une fusillade très nourrie.
— Ça doit être des gars de chez nous qui ont attaqué leur bagnole.
Un fusil-mitrailleur se met à crépiter par rafales serrées.
— J'espère qu'ils vont les avoir jusqu'au bout ! fait Joseph. Je vais aller chercher mon vélo... J'irai voir.
— T'es fou, s'il en passe d'autres, t'es foutu mon pauvre petit, dit Jérôme.
— Reste là, ajoute Ferdinand Bringuet.
— Non, ceux qui font sauter les ponts et les écluses sont sûrement les derniers.
— En tout cas, observe Jérôme, ceux-là, y sont pas morts à jeun. Ils ont vidé quelques bouteilles qui avaient pas dû leur coûter cher.
Ferdinand s'est mis à marcher comme un somnambule. Quand les autres le rattrapent, il dit d'une voix éteinte :
— A présent, c'est fini. On l'aurait gardé, y

serait vivant... y pourrait rien nous faire... Un gamin, c'était... un gamin !

— Taisez-vous, Ferdinand, dit Joseph. Un gamin qui jouait à la guerre pour de bon. S'il avait pu vous tuer, il aurait pas hésité, lui ! Il avait sans doute pas mal de crimes sur la conscience.

Maria prend son homme par le bras. Ils vont vers le village. Quelques volets s'entrouvrent.

Derrière la colline, une vague lueur annonce le jour. Très loin, de lourdes détonations roulent, pareilles à la queue d'un gros orage.

18

Toute l'eau de la retenue s'est écoulée par les portes de l'écluse que les Allemands ont fait sauter. Le Doubs a monté de plus d'un mètre. A présent, il étale. Son eau est encore un peu jaune de la boue et du sable qu'il a ramassés sur ses rives. Il charrie des restes de paille et de foin.

En dessous du pont de pierre qui n'est que très peu endommagé, la ligne téléphonique que les soldats de la Wehrmacht avaient posée est tombée. Le poteau planté sur la rive droite a été emporté par les eaux. Il a rompu les fils qui le retenaient encore et il s'en est allé vers l'aval avec d'autres épaves. Le corps ficelé et recroquevillé du SS longtemps retenu par les fils est au fond. L'eau le fait rouler doucement. Lui aussi s'en va vers l'aval, vers ce sud où il avait vécu quelques mois, bien loin de son pays.

Il s'appelait Klaus Bürger. Il était de Hambourg. Il avait douze ans lorsque son père, fonctionnaire du Parti, l'a inscrit aux Jeunesses hitlériennes. Là, parmi tant d'autres, il a admis tout de suite que sa vie ne lui appartenait pas. Elle appartenait à son Führer Adolf Hitler.

Sa maman n'était pas d'accord, mais elle n'avait rien à dire. Il lui restait seulement le droit de prier en silence pour son enfant, ce qu'elle faisait souvent.

Un jour, Klaus est parti pour la guerre. Il a connu les camps d'entraînement, les neiges immenses de la Russie, les sables du désert, le soleil de la Côte d'Azur, les bons vins du Rhône.

Il a tué sans jamais éprouver le moindre pincement au cœur. Il a tué parce que son dieu l'exigeait. A présent, il est mort. Mort parmi des millions d'autres. Comme des millions d'autres aussi, sa maman va pleurer.

La Retraite aux flambeaux

Il n'y a rien à dire : c'est la guerre. La guerre que les peuples ont acceptée comme une fatalité. La guerre que certains peuples ont voulue de toutes leurs forces. La guerre que quelques hommes ont refusée sans rien pouvoir faire pour lui barrer la route.

Le jour se lève. Les dernières nuées s'en vont vers l'est. Un ciel clair bascule dans les eaux apaisées du Doubs et celles plus calmes encore du canal où se reflètent les grands platanes.
Le village se réveille et ouvre timidement ses volets. Il ne parvient pas à croire que c'est fini pour lui. Que la guerre qu'il a subie durant tant et tant de journées sombres reflue vers le nord et vers l'est, comme les nuées noires.
Le village écoute.
Parfois, très loin, une explosion sourde se fait entendre. Mais, pour le moment, c'est le vide. C'est l'attente. Une attente qui pèse encore très lourd.
La forêt immense qui se trouve de l'autre côté du Doubs est silencieuse. Est-ce que

ceux qui s'y cachaient sont partis à la poursuite des occupants ?

Personne ne sait rien et les premiers qui osent mettre le nez dehors s'interrogent l'un l'autre. Un reste de crainte subsiste en eux. Quand la peur vous a habités durant des années, on ne s'en débarrasse pas comme ça, en quelques instants. Les gens ont besoin de certitudes. Ils demandent :

– Et les Américains ?

Est-ce que le village aurait été oublié ?

Une maison a gardé ses volets fermés : celle de Ferdinand Bringuet, le bon vivant, l'ancien mécanicien du PLM.

Seule la porte de la cuisine est ouverte sur le jardin qu'on ne voit pas de la rue. Maria prépare de la tisane. Elle n'a plus un gramme de café. Son homme est assis à la table, le menton dans ses énormes mains. Ses yeux sont vides. Il fixe on ne sait quoi de lointain, dans le ciel où monte un soleil qu'on ne voit pas.

La Retraite aux flambeaux

Ferdinand ne pense pas vraiment, mais il est habité par des souvenirs d'autrefois.

Quand il était jeune, pour faire comme ses copains, il avait chassé.

Il avait blessé une biche. Il l'avait entendue pleurer. Il n'avait jamais oublié son regard implorant noyé de larmes. Il avait voulu l'emporter pour la soigner et la sauver. Elle était morte dans ses bras. L'ayant enterrée dans le fond de son jardin, il avait planté un saule pleureur sur la tombe.

Dès le lendemain, il vendait son fusil et toutes ses cartouches avec sa gibecière.

Ferdinand était vraiment l'ami de la forêt. Dès qu'il se levait, avant même d'enfiler son pantalon, il allait jusqu'au bout du couloir et ouvrait les volets. Entre les deux fermes qui se trouvent de l'autre côté de la rue, il pouvait voir le canal, quelques reflets du Doubs, mais il n'y avait qu'en hiver que la vue portait jusqu'à la forêt entre les branches dépouillées des platanes et des peupliers. Et Ferdinand disait en riant :

— Ces arbres me cachent la forêt, mais ça ne m'empêche pas de les aimer.

Et, quand il parlait ainsi, il retrouvait, au fond de lui, le regard de la biche en train de mourir.

Ferdinand Bringuet que tout le monde appelait le grand Bringuet allait toujours lentement, d'un pas mesuré, comme s'il eût redouté de bousculer les objets ou les êtres qui l'entouraient.

Les enfants étaient émerveillés par sa taille, par ses bras énormes. Il en asseyait un sur sa main et le levait en l'air en disant :

— Si tu n'es pas sage, je te colle au plafond avec un pain à cacheter.

Maria criait :

— Arrête, tu vas le laisser tomber

— Et alors, il se ramassera !

Leur petite maison résonnait souvent des rires des petits voisins et de l'énorme voix de Ferdinand.

On racontait qu'à la gare, lorsqu'il y avait quelque chose de lourd à déplacer, on attendait toujours qu'il soit là. Ses copains prétendaient que le jour où il était parti à la retraite, on avait été obligé d'acheter une grue de plus pour décharger les wagons.

Parfois, des garçons lui demandaient :

– C'est vrai, Ferdinand, que ça t'arrive de porter ta locomotive sur ton dos ?

L'air très sérieux, il répliquait :

– La locomotive avec le tender bourré de charbon et le chauffeur dedans. Et même un jour, je me suis pas rendu compte que pour me faire une blague, les copains m'avaient accroché un wagon de marchandises au col de ma veste. Quand je suis arrivé ici, c'est Maria qui m'a dit : « Tiens, tu as volé un wagon ! » Tu parles si je me suis dépêché d'aller le reporter sur la voie !

– C'est pas vrai, tu racontes des histoires !

– Demandez à Maria.

Et, bien entendu, Maria approuvait. Elle en rajoutait même en affirmant que le wagon était plein de cochons et que tous les gens qui avaient vu Ferdinand traverser la ville à bicyclette avec ça dans le dos avaient bien rigolé.

Une fois, il s'était battu. La seule fois de sa vie. C'était trois ou quatre ans avant sa retraite. Une nuit qu'il rentrait de son travail, des voyous l'avaient agressé pour lui voler son portefeuille. Ils étaient neuf. Les policiers, appelés par des gens que les cris avaient réveillés, devaient transporter cinq d'entre eux à l'hôpital. Tous avec une ou plusieurs fractures. Ferdinand, qui ne savait pas se battre, s'était borné à en empoigner un pour cogner sur les autres. Comme celui-là était un fils de famille, une plainte avait été déposée.
Devant le tribunal correctionnel, Ferdinand, emprunté de sa force et de ses grands bras, s'était contenté de dire :
– Enfin, monsieur le juge. Ils étaient neuf. J'étais tout seul. J'les connais pas. Est-ce que vous voulez faire croire à quelqu'un de sensé que c'est moi qui les ai attaqués ?
La salle avait rigolé un bon moment.

La Retraite aux flambeaux

— Tout de même, vous avez cogné fort et avec un garçon comme massue.

— J'avais rien pour me défendre, monsieur le juge. J'ai empoigné ce qui me tombait sous la main. C'est pas ma faute si y pèse cinquante kilos et s'il a la tête dure. Si je leur ai fait un petit peu mal, j'suis bien triste. Mais ils avaient tout de même cherché !

Il avait été acquitté et toute la salle l'avait acclamé.

Il n'en parlait jamais. C'était un être de joie qui détestait que l'on se batte.

Ferdinand avait la passion de la forêt de Chaux et du Doubs.

Ce matin, c'est le Doubs qu'il voit. Pas celui de ses journées de pêche. Le Doubs d'une nuit où un gamin vêtu de noir est parti au fil de l'eau.

Un gamin dont le regard ne le quittera plus.

Juillet 1947

19

C'est le début de l'après-midi. Il fait un soleil de plomb. Une chaleur lourde avec une menace d'orage dans l'air. Deux manèges, une loterie, un marchand de nougat et un tir sont montés sur la place du village, entre la mairie et l'église. On a aussi dressé une estrade pour l'orchestre et, ce soir, après la retraite aux flambeaux, on dansera sous les lampions et les guirlandes multicolores. Tout le village y sera. Même les vieux qui ont du mal à se traîner.

Tous sauf Maria et Ferdinand Bringuet. De leur maison, on entend la musique, mais pas trop. On perçoit aussi le crépitement du tir et les pétards que les enfants font claquer depuis deux jours.

La Retraite aux flambeaux

Jérôme vient d'entrer sans bruit par la porte de la cuisine. Maria est assise dans la pénombre, elle épluche des courgettes et des tomates. A mi-voix, Jérôme dit :

— Tu veux faire un gratin ?

— Oui, avec les courgettes. Et puis de la sauce tomate. Mais je les épluche. Autrement, ça lui brûle l'estomac.

— Ah oui. Je comprends. Ma belle-mère, c'est pareil.

— Il est devenu tellement fragile. Un rien lui fait mal... lui qui était si solide... quand j'y pense !

Elle soupire.

— Il se repose ? demande Jérôme.

— Oui. Il est monté tout de suite après manger. Je lui avais mis des gouttes pour dormir dans son verre. Il s'en est pas rendu compte. S'il ne dort pas, avec ces pétards, il va devenir intenable. Comme l'an dernier.

Ils restent un moment sans rien dire. Les mouches tourbillonnent autour de la suspension. Une guêpe bourdonne contre la fenêtre et Jérôme se lève. Avec sa casquette, il frappe

La Retraite aux flambeaux

deux fois et la fait tomber. La semelle de son espadrille la pousse sur le seuil où il l'écrase. Il y a un petit craquement qui prend beaucoup de place dans le silence.

— Il fait chaud, remarque Jérôme.
— Veux-tu boire ?
— Je veux bien un verre. Moitié eau.

Maria se lève, va jusqu'au placard qu'elle ouvre doucement. Elle va au robinet de l'évier, fait couler un peu d'eau au fond du verre puis sort un litre de vin rouge d'une seille de bois placée sous l'évier. Elle le débouche et emplit le verre aux trois quarts. Elle le pose sur la toile cirée de la table, devant Jérôme qui le regarde sans y toucher. Le verre est couvert de buée où une goutte qui coule lentement trace un sentier presque noir.

Jérôme approche deux fois sa main maigre en direction du verre avant de se décider à le prendre. Enfin, il boit une petite gorgée, repose le verre et dit :

— Tout de même, ce qu'on devient !

Maria hoche la tête.

— Oui, tu peux le dire.

La Retraite aux flambeaux

Elle continue son travail et le bruit pourtant ténu de son couteau emplit la pièce étroite. Ce qui vient du dehors est différent. On croirait que les deux bruits ne se mêlent pas du tout l'un à l'autre.

Et puis, soudain, quatre coups de pistolet à bouchon claquent tout près.

— Saloperie, grogne Jérôme. Le Joseph est pas chic. C'était pourtant pas bien compliqué d'interdire les pétards dans cette partie de la rue.

— Je sais, je lui ai demandé. Depuis qu'il est maire, il rêve plus que d'une chose, être élu député ou sénateur. Il ne pense plus qu'à la politique. Sais-tu ce qu'il m'a répondu ?

— Comme à moi, sans doute.

— Dis voir !

— Il m'a dit qu'il suffirait d'éloigner Ferdinand pendant deux jours... Comme si c'était facile !

— Eh oui, c'est aussi ce qu'il m'a conseillé, mais le 14 juillet, c'est partout. Et ça revient tous les ans. Et les pétards durent plus de deux jours.

La Retraite aux flambeaux

Ils restent un moment sans rien faire. Les mains de Maria sont immobiles au-dessus de ses épluchures de courgettes. Elles tremblent légèrement.

Quelques pétards encore, mais plus loin. Beaucoup plus loin.

— Les gens, dit Jérôme, ne sauront jamais s'amuser sans des machines qui imitent la guerre. Quelle stupidité !... N'empêche que le docteur a peut-être raison. Ce serait aussi bien de ne pas le garder là.

Deux larmes perlent aux cils de Maria qui murmure :

— Je pourrais pas... Il est pas méchant. Y se rend compte de rien.

Jérôme vide son verre et se lève.

— Tu t'en vas déjà ?

— Je vais y aller. Les petits doivent être arrivés. Faut que je les mène faire un tour. Je passerai demain matin. Si tu as besoin, tu sais où nous trouver.

Il sort lentement et le store de perles crépite derrière lui.

Le tourbillon de mouches, que son passage

a à peine dérangé, reprend sa place au centre de la pièce.

Maria revient s'asseoir à la table. Elle empoigne son petit couteau mais demeure immobile. Elle est tendue, comme figée, mais en alerte, pourtant. Et chaque fois qu'une pétarade se rapproche un peu, son visage se crispe. Elle retient son souffle et tend l'oreille dans la direction de l'escalier. Si son homme se lève, elle entendra couiner les marches. Elle bondira pour qu'il ne soit pas seul. Elle redoute qu'il veuille se précipiter pour sortir et qu'il tombe dans cet escalier mal commode.

Mais non, Ferdinand doit dormir. Elle a bien fait de lui donner des gouttes. Elle murmure :

— J'en ai plus beaucoup, faudra que je demande à Jérôme de m'en rapporter de la pharmacie, la prochaine fois qu'il ira à Dole, faire le marché.

20

La nuit est là. Les premières étoiles encore pâles clignotent. A l'ouest, une dernière lueur habite le bas du ciel.

Maria vient de fermer toutes les portes, tous les volets, toutes les fenêtres. Partout où il y a des rideaux, elle les a tirés. Avec mille précautions, elle ouvre de quelques centimètres la porte de la chambre. Le ronflement de Ferdinand est rassurant. Elle repousse la porte sans la fermer pour ne pas risquer de faire claquer le pêne de la serrure qu'il n'est pas aisé de retenir.

Elle descend lentement l'escalier dont plusieurs marches couinent, puis elle retourne s'asseoir dans la cuisine dont elle vient d'allumer la lampe. Le journal est sur la table. Elle l'étale devant elle, mais elle le regarde sans parvenir à le lire.

Bientôt, elle se redresse sur sa chaise. Elle demeure immobile, le visage tendu. Elle écoute à la fois les bruits qui peuvent lui parvenir du haut de l'escalier et ce qui vient d'éclater au bout du village et qui approche. Des clairons, des tambours, une grosse caisse qui fait boum boum comme un canon lointain.

Maria se lève et va jusqu'au pied de l'escalier. La retraite approche.

— J'aurais dû lui redonner des gouttes, je n'ai pas voulu le réveiller.

Elle écoute. Le plancher craque.

— Je m'en doutais... Mon Dieu !

Maria monte l'escalier et arrive sur le palier au moment où Ferdinand ouvre la porte de la chambre. Il avance, en chemise, le regard complètement égaré.

— Ferdinand, retourne te coucher.

— Coucher ? T'es folle... y vont tout casser... Ils arrivent. Tu les entends pas ?

— C'est la retraite aux flambeaux... Le

La Retraite aux flambeaux

14 juillet. Tu sais bien, tous les ans c'est pareil... Sois raisonnable, retourne te coucher.

— Les camions allemands.

Elle le prend par le bras pour l'empêcher de s'engager dans le couloir. Mais sa pauvre force n'est rien à côté de celle qui habite encore ce colosse. Sans brutalité, il continue d'avancer en la traînant avec lui.

— Ferdinand, écoute-moi.

— Non, non. Viens. Faut aller leur dire où il est... On peut pas laisser ce gamin dans la cave.

— Mais il n'y a personne dans la cave.

Il ne l'entend pas. Il ne la voit même pas. Il fonce comme une bête vers cette fenêtre qui donne sur la rue.

— Viens te coucher, je t'en prie...

Maria se cramponne. Elle a mal aux mains.

— Ils le cherchent... Pas la peine d'attendre qu'ils le trouvent... vaut mieux leur dire où il est... Faut les appeler.

— N'ouvre pas !

Elle se colle devant la fenêtre mais il la

détourne d'un geste. Il soulève l'espagnolette. Il décroche les volets et les pousse.

Les premiers lampions portés par les enfants sous la conduite de l'instituteur arrivent juste à hauteur de la maison. Derrière, vient le chef de la clique des pompiers dont le casque luit. Les clairons sonnent et les tambours battent les lourdes mesures de la retraite. De chaque côté, d'autres pompiers portent des torches dont les grosses flammes fument noir.

Ferdinand piétine. Le plancher tremble et craque sous son poids.

— Vont foutre le feu au pays, je te dis. S'ils le trouvent pas, y foutront le feu. Et ce sera notre faute.

— Mais non, Ferdinand. C'est la retraite. La fête. Tu sais bien... Ça fait deux ans.

Il bondit comme si on venait de le piquer. Il crie de toute la puissance de sa grosse voix :

— Deux ans ! Tu rigoles... C'est pas vrai. Il a seize ans, ce gamin... T'as vu ces yeux qu'il a ?... Il est tout petit. Il a des tout petits os.

La Retraite aux flambeaux

Si tu le serres trop fort en l'embrassant, ça te craque sous les doigts.

Il regarde à nouveau par la fenêtre le cortège qui suit la clique. Encore des flambeaux et des lampions. Deux feux de Bengale, un vert et un rouge ont été allumés sur la murette du jardin.

– Tu vois, y savent bien qu'il est là... Je vous le dis : vous êtes des salauds ! Vous voulez le garder pour vous. Ben moi, je m'en vais leur dire qu'il est là ! Y m'a mordu la main mais c'est ma faute.

Il s'éloigne de la fenêtre en direction de l'escalier et Maria se précipite pour le retenir. Elle s'agrippe à sa chemise qui se déchire. Il ne s'en rend même pas compte. Jambes nues, pieds nus, une épaule dénudée, il avance comme une bête. Les marches gémissent sous son pas.

Soudain, il s'arrête et Maria bute contre son dos. Il se retourne et dit d'une curieuse voix au bord des sanglots :

– J'sais qu'c'est pas ta faute, ma pauvre

femme, mais je te jure que j'aurais préféré avoir un gamin plus costaud que ça.

La musique qui s'est éloignée doit avoir tourné l'angle de la rue. Elle monte vers la place de la mairie. On l'entend de nouveau plus présente. Les pétards claquent plus fort et plus nombreux. La lueur des feux de Bengale vient par l'imposte jusque dans la cuisine. En y arrivant, Ferdinand se retourne. Son regard tombe sur Maria qu'il semble découvrir avec effroi. Il hurle :

– Où il est ?... Dis-moi où il est ?

Maria s'approche de lui avec douceur mais il recule comme s'il redoutait qu'elle le touche.

– Tu veux pas me dire où il est passé ? Je le sais, moi... J'm'en vais te le dire. Il est allé se baigner... Je veux pas que ce gamin aille se baigner tout seul. Y va toujours sous le pont. C'est plein de mauvais remous... Y finira par se noyer !

Une clameur monte de la foule et déferle jusqu'à eux. Ferdinand se retourne et fonce

La Retraite aux flambeaux

vers la porte qui donne sur le jardin. Il l'ouvre avant que Maria ait pu se placer devant.

— Qu'est-ce que c'est ?

— Les chars fleuris. Tu sais bien.

— Des chars... y vont tirer... Vite, Maria. Va vite chercher Jérôme. Je tiens plus. Je tiens plus.

Il se laisse tomber à genoux. Il se tord les mains et continue de hurler en réclamant Jérôme. Maria dit :

— Je ne veux pas te laisser.

Il hurle à se briser la voix :

— Va chercher Jérôme. Rien que Jérôme. Pas le Joseph Marnier. Surtout pas celui-là !... C'est un salaud. Il le tuerait.

Maria s'affole. Elle ne sait plus quoi faire mais, comme il demeure en boule sur le sol à réclamer Jérôme en hurlant, elle se penche vers lui et dit :

— Oui... J'y vais... mais tu bouges pas, hein ! Tu bouges pas. Tu promets !

— Tu vois bien que je peux pas bouger. Y me tient à la gorge... Y m'étrangle. Ça paraît pas, mais il a de la force. Y va encore me mordre la main.

Maria sort. Elle court à travers les jardins vers les lueurs de la fête en appelant Jérôme.

Ferdinand se roule par terre. Il va ainsi jusqu'à l'évier puis il se lève. Il fait un pas en direction de la porte. Il hésite en voyant les lueurs qui montent entre les maisons.

– Ça y est. Ils ont foutu le feu. Je le savais. C'est votre faute, bande de cinglés !

Il rentre et allume la lumière. Il cherche dans le tiroir de la table. Il le sort de sa gâche et le vide par terre. A grands coups de ses pieds nus, il éparpille les fourchettes, les cuillères, les couteaux. Il se coupe et le sang coule.

– Où elle est, cette putain de clef ? Tu veux pas me la donner !

Il a fait quelques pas et voit du sang sur le lino.

– Ça y est. Il a saigné...

Il écoute les pétards et le tir. Et les tambours au loin.

La Retraite aux flambeaux

— Les chars. Faut profiter des chars pour tirer ! Si tu tires pas, faudra le tuer autrement.

Et il fonce en courant dans la nuit aux lueurs d'incendie.

21

Maria est partie par les jardins. Personne chez Jérôme où tout est fermé. Les seules lueurs aux fenêtres sont les reflets du feu d'artifice qui commence de l'autre côté de la place.

Maria court dans cette direction en appelant :

– Jérôme ! Jérôme !

Elle quitte bientôt les jardins et se jette dans la foule.

Jérôme a chez lui ses petits-enfants, il est certainement au premier rang pour le feu d'artifice. Les fusées montent et font éclore des gerbes de lumière dans la nuit, au-dessus des toits.

– Jérôme ! Vous avez pas vu Jérôme ?

La Retraite aux flambeaux

Les gens la regardent, l'air étonné. Certains disent :
– On l'a vu...
– Il est par là-bas...
Elle bouscule tout le monde, scrute les visages et continue d'appeler d'une voix qui n'en peut plus :
– Jérôme !... Jérôme !
Enfin, un petit garçon lui empoigne la main.
– C'est mon pépé, que tu cherches, viens, il est là.
Et l'enfant l'entraîne vers la terrasse du café Bonniro. Jérôme est attablé, avec d'autres gens du village. Maria crie :
– Jérôme, vite... Il est pas bien... Vite... Vite !
Jérôme se lève et les autres aussi. Mais Maria dit :
– Non, rien que Jérôme. Y veut personne d'autre.
Et elle recommence de fendre la foule.

22

Dans le jardin, Ferdinand s'est dirigé aisément car la clarté du feu d'artifice arrive jusque-là. Il a contourné la maison en grognant :

— Les salauds, faut qu'y tirent sur tout ce qui bouge.

A présent, il descend l'escalier de la cave et essaie d'ouvrir la porte.

— Saloperie ! Je m'en doutais, ces voyous m'ont fauché ma clef... Vous croyez que ça va me gêner ? Bande de couillons !

Il remonte trois marches et, l'épaule en avant, il redescend d'un bloc. Il y a des craquements. Le bois et peut-être ses os.

— Milliard de merdes !

Il remonte et recommence. Sa masse énorme

La Retraite aux flambeaux

s'écrase contre la lourde porte. Dans le bois vermoulu, les vis de la serrure sortent et au troisième assaut Ferdinand qui pousse un hurlement de bête fauve va s'allonger sur la terre battue de la cave. Il reste quelques secondes étourdi. La lampe de la rue éclaire faiblement jusque-là. Il s'ébroue et se relève péniblement.

– Fumiers, vous m'aurez pas comme ça !

Il fronce le front comme s'il accomplissait un effort pour se souvenir de quelque chose.

– Bon Dieu de bon Dieu de bon Dieu, où qu'ils l'ont donc mis ?

Il semble soudain frappé d'un éclair de lucidité. Il se précipite et, d'une force surhumaine, il soulève les tonneaux vides et les lance au milieu du passage. Trois, quatre qui roulent. Et Ferdinand enjambe les mâts en criant :

– Les chars... Faut profiter des chars ! Si vous tirez pas, c'est tout le village qui va y passer !

Et il se laisse tomber derrière le mât. Ses grosses mains cherchent dans l'obscurité entre cette masse de bois et les pierres rugueuses du mur.

23

A PRÉSENT, c'est Jérôme qui va devant et qui traîne Maria derrière lui.

– Attention !... Laissez passer !... Laissez passer !

Les gens les regardent, médusés.

Ils vont jusqu'aux premiers jardins et s'y engagent. Par moments, on y voit comme en plein jour.

Ils contournent la maison de Jérôme, passent la barrière et grimpent les quatre marches qui mènent au perron de la cuisine. La lumière est allumée. La porte grande ouverte. Le tiroir de la table a été vidé par terre. Jérôme se baisse :

– Du sang... y s'est blessé.

A bout de souffle, Maria dit :

– La cave... J'ai pourtant caché la clef.

La Retraite aux flambeaux

Ils repartent aussi vite qu'ils peuvent. Ils tournent un angle et, au moment où ils vont déborder le deuxième, ils entendent la voix rauque de Ferdinand qui dit :

— Les chars... Faut profiter des chars...

— Ferdinand ! hurle Jérôme, attends-nous !

Ils vont atteindre l'escalier lorsqu'une détonation claque dans la cave. Ils marquent un léger temps. Quelque chose cogne contre un tonneau vide. Une bouteille tombe et roule, roule à n'en plus finir.

Ils entrent. Jérôme s'arrête.

— Reste dehors, Maria.

Elle ne répond pas. Elle le bouscule et se précipite. Elle se jette sur un corps étendu contre le mât. Sa voix se brise :

— Ferdinand... Ferdinand...

Jérôme s'avance lentement. Il souffle :

— Bon Dieu ! Le pistolet... Le pistolet. Personne y a pensé.

Et il se met à pleurer.

Prieuré Sainte-Anne, juin 1995 –
Saint-Cyr-sur-Loire, mai 2001.

DU MÊME AUTEUR

Aux Éditions Albin Michel

ROMANS

LE ROYAUME DU NORD :
1. Harricana ;
2. L'Or de la terre ;
3. Miséréré ;
4. Amarok ;
5. L'Angélus du soir ;
6. Maudits Sauvages.
Quand j'étais capitaine.
Meurtre sur le Grandvaux.
La Révolte à deux sous.
Cargo pour l'enfer.
Les Roses de Verdun.
L'Homme du Labrador.
La Guinguette.
Le Soleil des morts.
Les Petits Bonheurs.
Le Cavalier du Baïkal.
Brutus.

JEUNESSE
Le Roi des poissons.
L'Arbre qui chante.
Achille le singe.
Le Commencement du monde.
Histoires de chien.
Le Château de papier.
Histoires de Noël.

ALBUM
Le Royaume du Nord
(photos J.-M. Chourgnoz).

Chez d'autres éditeurs

ROMANS

Aux Éditions J'ai lu
Tiennot.

Aux Éditions Robert Laffont
L'Ouvrier de la nuit.
Pirates du Rhône.
Qui m'emporte.
L'Espagnol.
Malataverne.
Le Voyage du père.
L'Hercule sur la place.
Le Tambour du bief.
Le Seigneur du fleuve.
Le Silence des armes.
LA GRANDE PATIENCE :
1. La Maison des autres ;
2. Celui qui voulait voir la mer ;
3. Le Cœur des vivants ;
4. Les Fruits de l'hiver.
LES COLONNES DU CIEL :
1. La Saison des loups ;
2. La Lumière du lac ;
3. La Femme de guerre ;
4. Marie Bon Pain ;
5. Compagnons du Nouveau-Monde.
L'Espion aux yeux verts (nouvelles).
Le Carcajou.

ALBUMS, ESSAIS

Je te cherche, vieux Rhône, *Actes Sud.*
Arbres, *Berger-Levrault*
(photos J.-M. Curien).
Léonard de Vinci, *Bordas.*

Le Massacre des innocents, *Robert Laffont*.
Lettre à un képi blanc, *Robert Laffont*.
Victoire au Mans, *Robert Laffont*.
Jésus le fils du charpentier, *Robert Laffont*.
Fleur de sel, *Le Chêne*
(photos Paul Morin).
Contes espagnols, *Choucas*
(illustrations August Puig).
Terres de mémoire, *Delarge*
(avec un portrait par G. Renoy, photos J.-M. Curien).
L'Ami Pierre, *Duculot*
(photos J.-Ph. Jourdin).
Bonlieu, *H.-R. Dufour*
(dessins J.-F. Reymond).
Célébration du bois, *Norman C.L.D.*
Écrit sur la neige, *Stock*.
Paul Gauguin, *Sud-Est*.
Les Vendanges, *Hoëbeke*
(photos Janine Niepce).
Le Rhône ou les métamorphoses d'un dieu, *Hachette*
(photos Yves André David).

JEUNESSE

A. Kénogami, *La Farandole*.
L'Autobus des écoliers, *La Farandole*.
Le Rallye du désert, *La Farandole*.
Le Hibou qui avait avalé la lune, *Clancier-Guénaud*.
Odile et le vent du large, *Rouge et Or*.
Félicien le fantôme, *Delarge*
(en coll. avec Josette Pratte).
Rouge Pomme, *l'École*.
Poèmes et comptines, *École des Loisirs*.
Le Voyage de la boule de neige, *Laffont*.
Le Mouton noir et le Loup blanc, *Flammarion*.
L'Oie qui avait perdu le Nord, *Flammarion*.

Au cochon qui danse, *Flammarion*.
Légende des lacs et rivières, *Le Livre de Poche Jeunesse*.
Légendes de la mer, *Le Livre de Poche Jeunesse*.
Légendes des montagnes et des forêts,
Le Livre de Poche Jeunesse.
Légendes du Léman, *Le Livre de Poche Jeunesse*.
Contes et Légendes du Bordelais, *J'ai lu*.
La Saison des loups, *Claude Lefranc*
(bande dessinée par Malik).
Le Grand Voyage de Quick Beaver, *Nathan*.
Les Portraits de Guillaume, *Nathan*.
La Cane de Barbarie, *Seuil*.
Akira, *Pocket Jeunesse*.
Wang chat tigre, *Pocket Jeunesse*.
La Chienne Tempête, *Pocket Jeunesse*.

SUR BERNARD CLAVEL

Portrait, Marie-Claire de Coninck, *Éditions de Méyère*.
Bernard Clavel, Michel Ragon,
« Écrivains d'hier et d'aujourd'hui », *Éditions Seghers*.
Bernard Clavel, qui êtes-vous ?, Adeline Rivard,
Éditions Pocket.
Bernard Clavel, un homme, une œuvre, André-Noël Boichat,
Cêtre, Besançon.

La plupart des ouvrages de Bernard Clavel ont été repris par des clubs et en format de poche.

*La composition de cet ouvrage
a été réalisée par I.G.S. Charente Photogravure,
à l'Isle-d'Espagnac,
l'impression et le brochage ont été effectués
sur presse Cameron dans les ateliers
de **Bussière Camedan Imprimeries**
à Saint-Amand-Montrond (Cher),
pour le compte des Éditions Albin Michel.*

Achevé d'imprimer en décembre 2001.
N° d'édition : 20258. N° d'impression : 015391/4.
Dépôt légal : janvier 2002.